綴網勞蛛

落華生著

文學研究會叢書

1933

目錄

命命鳥

敏明坐在席上，手裏拿着一本八大人覺經，流水似地念着。她的席在東邊的窗下，早晨底日光射在她臉上，照得她的身體全然變成黃金的顏色。她不理會日光曬着她，却不歇地抬頭去瞧壁上的時計，好像等什麼人來似的。

那所屋子是佛教青年會的法輪學校。地上滿鋪了日本花席，八九張矮小的几子橫在兩邊的窗下。壁上掛的都是釋迦應化的事跡，當中懸着一個卍字徽章和一個時計。一進門就知那是佛教的經堂。

敏明那天來得早一點，所以屋裏還沒有人。她把各樣功課念過幾遍，瞧壁上的時計正指着六點一刻。她用手擋住眉頭，望着窗外低聲地說：『這時候還不來上學，莫不是還沒有起牀？』

敏明所等的是一位男同學加陵。他們是七八年的老同學，年紀也是一般大。他們的感情非常地好。就是新來的同學也可以瞧得出來。

『鏗鐺……鏗鐺……』一輛電車循着鐵軌從北而來，駛到學校門口停了一會。一個十五六歲的美男子從車上跳下來。他的頭上包着一條蘋果綠的絲巾；上身穿着一件雪白的短褂；下身圍着一條紫色的絲裙；脚下踏着一雙芒鞋；儼然是一位緬甸的世家子弟。這男子走進院裏，脚下的芒鞋拖得拍答拍答地響。那聲音傳到屋裏，好像告訴敏明說：『加陵來了！』

敏明早已瞧見他，等他走近窗下，就含笑對他說：『哼哼，加陵！請你的早安。你來得算早，現在才六點一刻咧。』加陵回答說：『你不要譏誚我，我還以爲我是第一早的。』他一面說一面把芒鞋脫掉，放在門邊，赤着脚走到敏明跟前坐下。

加陵說：『昨晚上父親給我說了好些故事，到十二點才讓我去睡，所以早晨起得晚一點。你約我早來，到底有什麼事，』敏明說：『我要向你辭行。』加陵一聽這話，眼睛立刻瞪起來，顯出很驚訝的模樣，說：『什麼？你要往那裏去？』敏明紅着眼眶回答說：『我的父親說我年紀大了，書也念夠了；過幾天可以跟着他專心當戲子去，不必再像從前念幾天唱幾天那麼勞碌。我現在就要退學，後天將要跟他上普朗去』加陵說：『你願意跟他去嗎！』敏明回答他『我爲什麼不願意？我家以演劇爲職業是你所知道的我父親雖是一個很有名、很能賺錢的俳優但這幾年間他的身體漸漸軟弱起來手足有點不活動，所以他願意我和他一塊兒排演。我在這事上很有長處，也樂得順從他的命令。』加陵說：『那麼，我對於你的意思就沒有挽回的餘地了。』敏明說：『請你不必爲這事納悶我們的離別必不能常久的。仰光是一所大城，我父親和我必要常在這裏演戲。有時到鄉村去也不過三兩個星期就回來。這次到普朗去，也是要在那裏躭擱八九天。請你放心……』

加陵聽得出神，不隄防外邊早有五六個孩子進來有一個頑皮的孩子跑到他們的跟前說：『請「玫瑰」和「蜜蜂」的早安。』他又笑着對敏明說：『玫瑰花裏的甘露流出來咧。』——他瞧見敏明臉上有一點淚痕，所以這樣說。西邊一個孩子接着說：『對呀，怪不得蜜蜂捨不得離開她。』加陵起身要追那孩子，被敏明攔住。她說：『別和他們胡鬧。我們還是說我們的罷。』加陵坐下，敏明就接着說：『我想你不久也得轉入高等學校，盼望你在念書的時候要忘了我，在休息的時候要記念我。』加陵說：『我決不會把你忘了。你若是過十天不回來，或者我會到普朗去找你。』敏明說：『不必如此。我過幾天準能回來。』

說的時候，一位三十多歲的教師由南邊的門進來。孩子們都起立向他行禮。教師蹲在席上，回頭向加陵說：『加陵，曇摩蜱和尚叫你早晨和他出去乞食。現在六點半了，你快去罷。』加陵聽了這話，立刻走到門邊，把芒鞋放在屋角的架上，隨手拿了一把油傘就要出門。教師對他說：『九點鐘就得回來。』加陵答應一聲就去了。

加陵回來，敏明已經不在她的席上。加陵心裏很是難過，臉上却不露出什麼不安的顏色。他坐在席上，仍然念他的書。晌午的時候，那位教師說：『加陵，早晨你走得累了，下午給你半天假。』加陵一面謝過教師，一面檢點他的文具，慢慢地走回家去。

加陵回到家裏，他父親婆多瓦底正在屋裏嚼檳榔。一見加陵進來，忙把沫紅唾出，問道：『下午放假麼？』加陵說：『不是。是先生給我的假。因爲早晨我跟曇摩蜱和尚出去乞食，先生說我太累，所以給我半天假。』他父親說：『哦，曇摩蜱在道上曾告訴你什麼事情沒有？』加陵答道：『他告訴我說我的畢業期間快到了，他願意我跟他當和尙去。他又說：這意思已經向父親提過了。父親啊，他實在向你提過這話麼？』婆多瓦底說：『不錯，他曾向我提過。我也很願意你跟他去。不知道你怎樣打算？』加陵說：『我現時有點不願意再過十五六年，或者能夠從他。我想再入高等學校念書，盼望在其中可以得着一點西洋的學問。』他父親詫異說：『西洋的學問啊！！我的兒，你想差了。西洋的學問不是好東西，是毒藥喲。你若是有了那種學問，你就要藐視佛法了。你試瞧瞧在這裏的西洋人，多半是幹些殺人的勾當，做些損人利己的買賣，和開些誹謗佛法的學校。什麼聖保羅因斯提去啦，聖約翰海斯苦爾啦，沒有一間不是誹謗佛法的。我說你要求西洋的學問會發生危險就在這裏。』加陵說：『誹謗與否，在乎自己，並不在乎外人的煽惑。若是父親許我入聖約翰海斯苦爾，我準保能持守得住，不會受他們的誘惑。』婆多瓦底說：『我是很愛你的，你要做的事情，若是沒有什麼妨害，我一定允許你。你要記得昨晚上我和你說的話。我一想起當日你叔叔和你的白象主（緬甸王尊號）提婆的事，就不由得我不恨西洋人。我最沉痛的是他們在蠻得勒將白象主擄去；和在瑞大光塔設駐防營。瑞大光塔是我們的聖地，他們竟然叫些行兇的人在那裏住，豈不是把我們的戒律打破了嗎？……我盼望你不要入他們的學校，還是淸淸淨淨去當沙門：一則可以爲白象主懺悔；二則可以爲你的父母積福；三則爲你將來往生極樂的預備。出家能得這幾種好處，總比西洋的學問強得多。』加陵說：『出家修行，我也很願意。但無論如何，現在決不能辦。不如一面入學，一面跟着曇摩蜱學些經典。』婆多瓦底知道勸不過來，就說：『你既是決意要入別的學校，我也無可奈何。我很喜歡你跟曇摩蜱學習經典。你畢業後就轉入仰光高等學校罷，那學校對於緬甸的風俗比較的保存一點。』加陵說：『那麼，我明天就去告訴曇摩蜱和法輪學校的教師。』婆多瓦底說：『也好。今天的天氣很淸爽，下午你又沒有功課，不如在午飯後一塊兒到湖裏逛逛。你就叫他們開飯罷。』婆多瓦底說完就進臥房換衣服去了。

原來加陵住的地方離綠綺湖不遠。綠綺湖是仰光第一大、第一好的公園。緬甸人叫他做干多支；「綠綺」的名字是英國人替他起的。湖邊滿是熱帶植物。那些樹木的顏色、形態，都是很美麗、很奇異。湖西遠遠望見瑞大光，那塔的金色光襯着湖邊的椰樹、蒲葵，直像王后站在水邊，後面有幾個宮女持着羽葆隨著她一樣。此外好的景緻，隨處都是。不論什麼人，一到那裏，心中的憂鬱立刻消滅。加陵那天和父親到那裏去，能得許多愉快是不消說的。

過了三個月，加陵已經入了仰光高等學校。他在學校裏常常思念他最愛的朋友敏明。但敏明自從那天早晨一別，老是沒有消息。有一天加陵回家，一進門僕人就遞封信給他。拆開看時，却是敏明的信。加陵才知道敏明早已回來。他等不得見父親的面，翻身出門，直向敏明家裏奔來。

敏明的家還是住在高加因路，那地方是加陵所常到的。女僕瑪彌見他推門進來，忙上前迎他說：『加陵君，許久不見啊！我們姑娘前天才回來的。你來得正好，待我進去告訴她。』她說完這話就速速進裏邊去，大聲嚷道：『敏明姑娘，加陵君來找你呢。快下來罷。』加陵在後面慢慢地走，待要踏入廳門，敏明已迎出來。

敏明含笑對加陵說：『誰教你來的呢？這三個月不見你的信，大概因爲功課忙的原故罷。』加陵說：『不錯，我已經入了高等學校，每天下午還要到曇摩蜱那裏……唉，好朋友，我就是有工夫也不能寫信給你。因爲我抓起筆來，就沒了主意，不曉得要寫什麼才能叫你覺得我的心常常有你在裏頭。我想你這幾個月沒有信給我，也許是和我一樣地犯了這種毛病。』敏明說：『你猜的不錯。你許久不到我屋裏了，現在請你和我上去坐一會。』敏明把手搭在加陵的肩脖上，一面吩咐瑪彌預備檳榔、淡巴菰和些少細點；一面攜着加陵上樓。

敏明的臥室是樓西。加陵進去，瞧見裏面的陳設還是和從前差不多。樓板上鋪的是土耳其絨氈。窗上垂着兩幅很細緻的帷子。她的奩具就放在窗邊。外頭懸着幾盆風蘭。瑞大光的金光遠遠地從那裏射來。靠北是臥榻，離地約一尺高，上面用上等的絲織物蓋住。壁上懸着一幅提婆和奎褒雅洛觀劇的畫片。還有好些繡墊散布在地上。加陵拿一個墊子到窗邊，剛要坐下，那女僕已經把各樣吃的東西捧上來。『你嚼檳榔啵』敏明說完這話，隨手送了一個檳榔到加陵嘴裏，然後靠着她的鏡臺坐下。

加陵嚼過檳榔，就對敏明說：『你這次回來，技藝必定很長進；何不把你最得意的藝術演奏起來，我好領教一下？』敏明笑說：『哦，你是要瞧我演戲來的。我死也不演給你瞧。』加陵說：『有什麼妨礙呢？你還怕我笑你不成？快演罷，完了咱們再來談心。』敏明說：『這幾天我父親剛剛教我一套雀翎舞，打算在涅槃節期到比古演奏，現在先演你瞧罷。我先舞一次，等你瞧熟了，再奏樂和我。這舞蹈的譜可以借用「達撒羅撒，」歌調借用「恩斯民。」這兩枝譜，你都會嗎？』加陵忙答應說：『都會，都會。』

加陵擅於奏「巴打拉，」（一種竹製的樂器詳見大清會典圖）他一聽見敏明叫他奏樂，就立刻叫瑪彌把那種樂搬來。等到敏明舞過一次，他就跟着奏起來。

敏明兩手拿住兩把孔雀翎，舞得非常的嫻熟。加陵所奏的巴打拉也還跟得上，舞過一會，加陵就奏起「恩斯民」的曲調；只聽敏明唱道：

『孔雀！孔雀！ 你不必讚我生得俊美；
我也不必嫌你長得醜劣。
咱們是同一個身心，
同一副手脚。
我和你永遠同在一個身裏住着。
我就是你啊你就是我。

別人把咱們的身體分做兩個，

是他們把自己的指頭壓在眼上，

所以會生出這樣的錯。

你不要像他們這樣的眼光。

要知道我就是你啊，你就是我。』

敏明唱完，又舞了一會。加陵說：『我今天才知道你的技藝精到這個地步。你所唱的也是很好。且把這歌曲的故事說給我聽。』敏明說：『這曲倒沒有什麼故事，不過是平常的戀歌，你能把裏頭的意思聽出來就夠了。』加陵說：『那麼，你這枝曲是爲我唱的。我也很願意對你說：我就是你，你就是我。』

他們二人的感情幾年來就漸漸濃厚。這次見面的時候，又受了那麼好的感觸，所以彼此的心裏都承認他們求婚的機會已經成熟。

敏明願意再幫父親二三年才嫁，可是他沒有向加陵說明。加陵起先以爲敏明是一個很信佛法的女子，怕她後來要到尼庵去實行她的獨身主義，所以不敢動求婚的念頭。現在瞧出她的心志不在那裏，他就決意回去要求婆多瓦底的同意，把他娶過來。照緬甸的風俗，子女的婚嫁本沒有要求父母同意的必要。加陵很尊重他父親的意見，所以要履行這種手續。

他們談了半晌的工夫，敏明的父親宋志從外面進來，抬頭瞧見加陵坐在窗邊，就說：『加陵君，別後平安啊！』加陵忙回答他，轉過身來對敏明說：『你父親回來了。』敏明待下去，她父親已經登樓。他們三人坐過一會，談了幾句客套，加陵就起身告辭。敏明說：『你來的時間不短，也該回去了。你且等一等，我把這些舞具收拾清楚，再陪你在街上走幾步。』

宋志眼瞧着他們出門，正要到自己屋裏歇一歇，恰好瑪彌上樓來收拾東西。宋志就對他說：『你把那盤檳榔送到我屋裏去罷，』瑪彌說：『這是他們剩下的，已經殘了。我再給你拿些新鮮的來。』

瑪彌把檳榔送到宋志屋裏，見他躺在席上，好像想什麼事情似的。宋志一見瑪彌進來，就起身對她說：『我瞧他們兩人實在好得太利害，若是敏明跟了他，我必要吃虧。你有什麼好方法教他們二人的愛情冷淡沒有？』瑪彌說：『我又不是蠱師，那有好方法離開他們？我想主人你也不必想什麼方法，敏明姑娘必不致於嫁他；因爲他們一個是屬蛇，一個是屬鼠的；（緬甸的生肖是算日的。禮拜四生的屬鼠，禮拜六生的屬蛇。）就算我們肯將姑娘嫁給他，他的父親也不願意。』宋志說：『你說的雖然有理，但現在生肖相剋的話，好些人都不注重了。倒不如請一位蠱師來，請他在二人身上施一點法術更爲得計。』

印度支那間，有一種人叫做蠱師，專用符咒替人家製造命運。有時叫沒有愛情的男女，忽然發生愛情；有時將如膠似漆的夫婦化爲讐敵。操這種職業的人，以暹羅的僧侶最多，且最受人信仰。緬甸人操這種事業的也不少。宋志因爲瑪彌的話提醒他，第二天早晨他就出門找蠱師去了。

晌午的時候，宋志和蠱師沙龍回來。他讓沙龍進自己的臥房。瑪彌一見沙龍進來，木雞似的站在一邊。她想到昨天在無意之中說出蠱師，引起宋志今天的實行，實在對不起她的姑娘。她想到這裏，就一直上樓去告訴敏明。

敏明正在屋裏念書，聽見這消息，急和瑪彌下來。躡步到屏後，傾耳聽他們的談話。只聽沙龍說：『這事很容易辦。你可以將她常用的貼身東西拿一兩件來，我在那上頭畫些符、念些咒，然後給回她用，過幾天就見功效。』宋志說：『恰好這裏有她一條常用的領巾，是她昨天回來的時候忘記帶上去的。這東西可用嗎？』沙龍說：『可以的，但是能夠得着……』

敏明聽到這裏，已忍不住，一直走進去向父親說：『阿爸，你何必擺弄我呢？我不是你的女兒嗎？我和加陵沒有什麼意思，請你放心。』宋志驀地裏瞧見他女兒進來，簡直不知道要用什麼話對付她。沙龍也停了半晌才說：『姑娘，我們不是談你的事，請你放心。』敏明斥他說：『狡猾的人，你的計我已知道了。你快去辦你的事罷。』宋志說：『我的兒，你今天瘋了嗎？你且坐下，我慢慢給你說。』

敏明那裏肯依父親的話？她一味和沙龍吵鬧，弄得她父親和沙龍很沒趣。不久，沙龍垂着頭走出來；宋志滿面怒容蹲在牀上吸烟；敏明也忿忿地上樓去了。

敏明那一晚上沒有下來和父親用飯。她想父親終久會用蠱術離間他們，不由得心裏難過。她躺在牀上，翻來覆去，繡枕早已被她的眼淚溼透了。

第二天早晨，她到鏡臺梳洗，從鏡裏瞧見她滿面都是鮮紅色，——因爲繡枕退色，印在她的臉上——不覺笑起來。她把臉上那些印迹洗掉的時候，瑪彌已捧一束鮮花、一杯咖啡上來。敏明把花放在一邊，一手倚着窗櫺，一手拿住茶杯向窗外出神。

她定神瞧着圍繞瑞大光的彩雲，不理會那塔的金光向她的眼臉射來。她精神因此就十分疲乏。她心裏感想和目前的光融洽，精神上現出催眠的狀態。她自己覺得在瑞大光塔頂站着，聽見底下的護塔鈴叮叮噹噹地響。她又瞧見上面那些王侯所獻底寶石，個個都發出很美麗的光明。她心裏喜歡得很，不歇用手去摩弄，無意中把一顆大紅寶石摩掉了。她忙要俯身去檢時，那寶石已經掉在地上。她定神瞧着那空兒，要求那寶石掉下底原故，不覺有一種更美麗的寶光從那裏射出來。她心裏覺得很奇怪，用手扶着金壁，低下頭來要瞧瞧那空兒裏頭底光景。不隄防那壁被她一推，漸漸向後，原來是一扇寶石底門。

那門被敏明推開之後，裏面的光直射到她身上。她站在外邊望裏一瞧，覺得裏頭的山水、樹木，都是她平生所不曾見過的。她在不知不覺中，已經向前走了幾十步。耳邊恍惚聽見有人對她說：『好啊！你回來啦。』敏明回頭一看，覺得那人很熟悉，只是一時不能記出他底名字。她聽見「回來」這兩字，心裏很是納悶，就向那人說：『我不住在這裏，爲何說我回來？你是誰？我好像在那裏與你會過似的。這是什麼地方？』那人笑說：『哈哈！去了這些日子，連自己家鄉和平日間往來的朋友也忘了。肉體底障礙眞是大喲。』敏明聽了這話，簡直莫名其妙，又問他說：『我是誰？有那麼好福氣住在這裏。我眞是在這裏住過嗎？』那人回答說：『你是誰，你自己知道。若是說你不曾住過這裏，我就領你到處逛一逛，瞧你認得不認得。』

敏明聽見那人要領她到處去逛逛，就忙忙答應。但所見底東西，敏明一點也記不清楚，總覺得樣樣都是新鮮的。那人瞧見敏明那麼迷糊，就對她說：『你既然記不淸，待我一件一件告訴你。』敏明和那人走過一座碧玉牌樓。兩邊底樹羅列成行，開着很好看的花。紅的、白的、紫的、黃的，各色都備。樹上有些鳥聲，唱得很好聽。走路時，有些微風慢慢吹來，吹得各色的花瓣紛紛掉下：有些落在人底身上；有些落在地上；有些還在空中飛來飛去。敏明底頭上和肩膀上也被花瓣貼滿，遍體薰得很香。那人說：『這些花木都是你底老朋友，你常和他們往來。他們的花是長年開放底。』敏明說：『這眞是好地方，只是我總記不起來。』

走不多遠，忽然聽見很好的樂音。敏明說：『誰在那邊奏樂？』那人回答說：『那裏有人奏樂，這裏的聲音都是發於自然的。你所聽的是前面流水的聲音。我們再走幾步就可以瞧見。』進前幾步果然有些泉水穿林而流。水面淨着奇異的花草；還有好些水鳥在那裏游泳。敏明只認得些荷花、鸂鶒；其餘都不認得。那人很不憚煩，把各樣的東西都告訴她。

他們二人走過一道橋，迎面立着一片琉璃牆。敏明說：『這牆眞好看，是誰在裏面住？』那人說：『這裏頭是喬答摩宣講法要底道場。現時正在演說，好些人物都在那裏聆聽法音。轉過這個牆角就是正門。到底時候，我領你進去聽一聽。』敏明貪戀外面的風景，不願意進去。她說：『咱們逛兒才進去罷。』那人說：『你只會聽粗陋的聲音；看簡略的顏色；和聞汚劣的香味。那更好的更微妙的，你就不理會了……好，我再和你走走，瞧你了悟不了悟。』

二人走到牆底盡頭，還是穿入樹林。他們踏着落花一直進前；樹上底鳥聲，叫得更好聽。敏明抬起頭來，忽然瞧見南邊的樹枝上有一對很美麗的鳥呆立在那裏，絲毫的聲音也不從他們底嘴裏發出。敏明指着問那人說：『隻隻鳥兒都出聲吟唱，爲什麼那對鳥兒不出聲音呢？那是什麼鳥？』那人說：『那是命命鳥。爲什麼不唱？我可不知道。』

敏明聽見「命命鳥」三字，心裏似乎有點覺悟。她注神瞧着那鳥，猛然對那人說：『那可不是我和我底好朋友加陵麼？爲何我們都站在那裏？』那人說：『是不是，你自己覺得。』敏明搶前幾步，看來還是一對獃鳥。她說：『還是一對鳥兒在那裏；也許是我底眼花了。』

他們繞了幾個灣，當前現出一節小溪把兩邊的樹林隔開。對岸的花草似乎比這邊更新奇。樹上底花瓣也是常常掉下來。樹下有許多男女：有些躺着底；有些站着底；有些坐着底。各人在那裏說說笑笑，都現出很親密的樣子。敏明說：『那邊的花瓣落得更妙；人也多一點。我們一同過去逛逛罷。』那人說：『對岸可不能去。那落底叫做情塵；若是望人身上落得多了就不好。』敏明說：『我不怕。你領我過去逛逛罷。』那人見敏明一定要過去，就對她說：『你必要過那邊去，我可不能陪你了。你可以自己找一道橋過去。』他說完這話就不見了。敏明回頭瞧見那人不在，自己循着水邊，打算找一道橋過去。但找來找去總找不着；只得站在這邊瞧過去。

她瞧見那些花瓣越落越多，那班男女幾乎被葬在底下。有一個男子坐在對岸底水邊，身上也是滿了落花。一個紫衣底女子走到他跟前說：『我很愛你。你是我底命。我們是命命鳥。除你以外，我沒有愛過別人。』那男子回答說：『我對於你底愛情也是如此。我除了你以外不曾愛過別的女人。』紫衣女子聽了，向他微笑，就離開他走不多遠，又遇着一位男子站在樹下。她又向那男子說：『我很愛你。你是我底命。我們是命命鳥。除你以外，我沒有愛過別人。』那男子也回答說：『我對於你底愛情也是如此。我除了你以外不曾愛過別的女人。』

敏明瞧見這個光景，心裏因此發生了許多問題，就是：那紫衣女子爲什麼當面撒謊；和那兩位男子底回答爲什麼不約而同？她回頭瞧那坐在水邊底男子還在那裏。又有一個穿紅衣底女子走到他面前，還是對他說紫衣女子所說底話。那男子底回答和從前一樣，一個字也不改。敏明再瞧那紫衣女子，還是挨着次序向各個男子說話。她走遠了，話語底內容雖然聽不見，但她底形容老沒有改變。各個男子對她也是顯出同樣的表情。

敏明瞧見各個女子對於各個男子所說底話都是一樣；各個男子底回答也是一字不改；心裏正在疑惑，忽然來了一陣狂風，把對岸底花瓣颺得乾乾淨淨。那班男女立刻變成很凶惡的容貌，互相嚼食起來。敏明瞧見這個光景，嚇得冷汗直流。她忍不住就大聲喝道？『嗳呀！你們底感情眞是反覆無常。』

敏明手裏那杯咖啡被這一喝，全都瀉在她底裙上。樓下底瑪彌聽見樓上底喝聲，也趕上來。瑪彌瞧見敏明週身冷汗，仆在鏡臺上頭，忙上前把她扶起，問道：『姑娘你怎樣啦？燙着了沒有？』敏明醒來，不便對瑪彌細說，胡亂答應幾句就打發她下去。

敏明細想剛才的異象，抬頭再瞧窗外底瑞大光，覺得那塔還是被彩雲繞住，越顯得十分美麗。她立起來，換過一條絳色的裙子，就坐在她底臥榻上頭。她想起在樹林裏忽然瞧見命命鳥變做她和加陵那回事情，心中好像覺悟他們兩個是這邊的命命鳥，和對岸自稱爲命命鳥底不同。她自己笑着說：『好在你不在那邊。幸虧我不能過去。』

她自經過這一場恐慌，精神上遂起了莫大的變化，對於婚姻另有一番見解；對於加陵底態度更是不像從前。加陵一點也覺不出來，只猜她是不舒服。

自從敏明回來，加陵沒有一天不來找她。近日覺得敏明底精神異常，以爲自己沒有向她求婚，所以不高興。加陵覺得他自己有好些難解決的問題，不能不對敏明說。第一，是他父親願意他去當和尙；第二，縱使準他娶妻，敏明底生肖和他不對，頑固的父親未必承認。現在瞧見敏明這樣，不由得不把衷情吐露出來。

加陵一天早晨來到敏明家裏，瞧見她底態度越發冷靜，就安慰她說：『好朋友，你不必憂心，日子還長呢。我在咱們底事情上頭已經有了打算。父親若是不肯，咱們最終的辦法就是「照例逃走。」你這兩天是不是爲這事生氣呢？』敏明說：『這倒不値得生氣。不過這幾晚睡得遲，精神有一點疲倦罷了。』

加陵以爲敏明底話是眞，就把前日向父親要求底情形說給她聽。他說：『好朋友，你瞧我底父親多麼固執。他一意要我去當和尙，我前天向他說些咱們底事，他還要請人來給我說法，你說好笑不好笑？』敏明說：『什麼法？』加陵說：那天晚上，父親把曇摩蜱請來。我以爲有別的事要和他商量，誰知他叫我到跟前教訓一頓。你猜他對我講什麼經呢？好些話我都忘記了。內中有一段是很有趣，很容易記底。我且念給你聽：

佛問摩鄧曰：『女愛阿難何似？』女言：『我愛阿難眼；愛阿難鼻；愛阿難口；愛阿難耳；愛阿難聲音；愛阿難行步，』佛言：『眼中但有淚；鼻中但有洟；口中但有唾；耳中但有垢；身中但有屎尿，臭氣不淨。』

『曇摩蟬說得天花亂墜，我只是偷笑。因爲身體上的汚穢，人人都有，那能因着這些小事，就把愛情割斷呢？況且這經本來不合對我說；若是對你念，還可以解釋得去。』

敏明聽了加陵末了那句話，忙問道：『我是摩鄧嗎？怎樣說對我念就可以解釋得去？』加陵知道失言，忙回答說：『請你原諒我說錯了。我底意思不是說你是摩鄧，是說這本經合於對女人說。』加陵本是要向敏明解嘲，不意反觸犯了她，敏明聽了那幾句經，心裏更是明白他們兩人各有各底心事；總沒有盡情吐露出來。加陵坐不多會，就告辭回家去了。

涅般節近啦。敏明底父親直催她上比古去，加陵知道敏明明日要動身，在那晚上到她家裏，爲底是要給他送行。但一進門，連人影也沒有，轉過角門，只見瑪彌在她屋裏縫衣服。那時候約在八點鐘底光景。

加陵問瑪彌說：『姑娘呢？』瑪彌抬頭見是加陵，就陪笑說：『姑娘說要去找你，你反來找她。她不曾到你家去嗎？她出門已有一點鐘的工夫了。』加陵說：『眞的麼？』瑪彌回了一聲：『我還騙你不成。』低頭還是做她底活計。加陵說：『那麼，我就回去等她。……你請。』

加陵知道敏明沒有別處可去；她一定不會趁瑞大光底熱鬧。他回到家裏，見敏明沒來，就想着她一定和女伴到綠綺湖上乘涼，因爲那夜底月亮得很，敏明和月亮很有緣；每到月圓底時候，她必招幾個朋友到那裏談心。

加陵打定主意，就向綠綺湖去。到底時候，覺得湖裏靜寂得很。這幾天是涅般節期，各廟裏都很熱鬧；綠綺湖底冷月沒人來賞玩是意中底事。加陵從愛華德第七底造像後面上了山坡，瞧見沒人在那裏，心裏就有幾分詫異，因爲敏明每次必在那裏坐，這回不見她，諒是沒有來。

他走得很累，就在凳上坐一會。他在月影朦朧之中瞧見地下有一件東西；檢起來看時，却是一條蟬翼紗底領巾。那巾底兩端都繡一個吉祥海雲底徽識，所以他認得是敏明底。

加陵知道敏明還在湖裏，把領巾藏在袋裏，就抽身去找她。他踏一彎虹橋，轉到水邊底冷亭，瞧沒有人，又折回來。他在山邱上注神一望，瞧見西南邊隱隱有個人影，忙上前去，見有幾分像敏明。加陵躡步到野薔薇垣後面，意思是要嚇她。他瞧見敏明好像是找什麼東西似的；所以靜靜伏在那裏看她要做什麼。

敏明找了半天，隨在樂亭傍邊摘了一枝優鉢曇花，走到湖邊，向着瑞大光合掌禮拜。加陵見了，暗想她為什麼不到瑞大光膜拜去？於是再躡足走近湖邊底薔薇垣。那裏離敏明禮拜底地方很近。

加陵恐怕再觸犯她，所以不敢做聲，只聽她底祈禱：

『女弟子敏明，稽首三世諸佛：我自萬刧以來，迷失本來智性；因此墮入輪迴，成女人身。現在得蒙大慈，示我三生因果。我今悔悟，誓不再戀天人，致受無量苦楚。願我今夜得除一切障礙，轉生極樂國土。願勇猛無畏阿彌陀，俯聽懇求，接引我。南無阿彌陀佛。』

加陵聽了她這番祈禱，心裏很受感動。他沒有一點悲痛，竟然從薔薇垣裏跳出來，對着敏明說：『好朋友，我聽你剛才的祈禱，知道你厭棄這世間，要離開他。我現在也願意和你同行。』

敏明笑道：『你什麼時候來底？你要和我同行，莫不你也厭世嗎？』加陵說：『我不厭世。因爲你底原故，我願意和你同行。我和你分不開。你到那裏，我也到那裏。』敏明說：『不厭世，就不必跟我去。你要記得你父親願你做一個轉法輪底能手。你現在不必跟我去，以後還有相見底日子。』加陵說：『你說不厭世就不必死，這話有些不對。譬如我要到鑾得勒去，不是嫌惡仰光，不過我未到過那城，所以願意去瞧一瞧。但有些人很厭惡仰光，他巴不得立刻離開才好。現在，你是第二類底人；我是第一類底人。爲什麼不讓我和你同行？』敏明不料加陵會來，更不料他一下就決心要跟從她。現在聽他這一番話語，知道他與自己底覺悟雖然不同，但她常感得他們二人是那世界底命命鳥，所以不甚阻止他。到這時，她才把前幾天底事告訴加陵。加陵聽了，心裏非常的喜歡說：『有那麼好的地方，爲何不早告訴我？我一定離不開你了。我們一塊兒去罷。』

那時月光更是明亮。樹林裏螢火無千無萬地閃來閃去，好像那世界底人物來赴他們底喜筵一樣。

加陵一手搭在敏明底肩上，一手牽着她。快到水邊底時候，加陵回過臉來向敏明底唇邊啜了一下。他說：『好朋友，你不覷我一下麼？』敏明好像不曾聽見，還是直地走。

他們走入水裏，好像新婚底男女攜手入洞房那般自在，毫無畏縮。在月光水影之中，還聽見加陵說：『咱們是生命底旅客，現在要到那個新世界，實在叫我喜樂得很。』

現在他們去了！月光還是照着他們所走底路；瑞大光遠遠送一點鼓樂底聲音來；動物園底野獸也都爲他們唱很雄壯的歡送歌；惟有那不懂人情底水，不願意替他們守這旅行底祕密，要找機會把他們底軀殼送回來。

商人婦

『先生，請用早茶。』這是二等艙底侍者催我起牀底聲音。我因爲昨天上船底時候太過忙碌，身體和精神都十分疲倦，從九點一直睡到早晨七點還沒有起牀。我一聽侍者底招呼，就立刻起來；把早晨應辦底事情弄清楚，然後到餐廳去。

那時節餐廳裏滿坐了旅客。個個在那裏喝茶，說閒話：有些預言歐戰誰勝誰負底，有些議論袁世凱該不該做皇帝底；有些猜度新加坡印度兵變亂是不是受了印度革命黨運動底；那種唧咕唧咕的聲音，弄得一個餐廳幾乎變成菜市。我不慣聽這個，一喝完茶就回到自己底艙裏，拿了一本西青散記跑到右舷找一個地方坐下，預備和書裏底雙卿談心。

我把書打開，正要看時，一位印度婦人攜着一個七八歲的孩子來到跟前和我面對面地坐下。這婦人，我前天在極樂寺放生池邊曾見過一次；我也瞧着她上船；在船上也是常常遇見她在左右舷乘涼。我一瞧見她，就動了我底好奇心；因爲她底裝束雖是印度的，然而行動却不像印度婦人。

我把書擱下，偸眼瞧她，等她回眼過來瞧我底時候，我又裝做念書。我好幾次是這樣辦，恐怕她疑我有別的意思，此後就低着頭，再也不敢把眼光射在她身上。她在那裏信口唱些印度歌給小孩聽，那孩子也指東指西問她說話。我聽她底回答，無意中又把眼睛射在她臉上。她見我抬起頭來，就顧不得和孩子周旋，急急地用閩南土話問我說：『這位老叔，你也是要到星加玻去麼？』她底口腔很像海澄底鄉人所問底也帶着鄉人底口氣。在說話之間，一字一字慢慢地拼出來，好像初學說話底一樣。我被她這一問，心裏底疑團結得更大，就回答說：『我要回廈門去。你曾到過我們那裏麼？爲什麼能說我們底話？』『呀！我想你瞧我底裝束像印度婦女，所以猜疑我不是唐山（華僑叫祖國做唐山）人。我實在告訴你，我家就在鴻漸。』

那孩子瞧見我們用土話對談，心裏奇怪得很，他搖着婦人底膝頭，用印度話問道：『媽媽，你說底是什麼話？他是誰？』也許那孩子從來不曾聽過她說這樣的話，所以覺得希奇。我巴不得快點知道她底底蘊，就接着問她：『這孩子是你養底麼？』她先回答了孩子，然後向我歎一口氣說：『爲什麼不是呢？這是我在麻德拉斯養底。』

我們越談越熟，就把從前的畏縮都除掉。自從她知道我底里居、職業以後，她再也不稱我做「老叔」，便轉口稱我做「先生」。她又把麻德拉斯大概的情形說給我聽。我因爲她底境遇很希奇，就請她詳詳細細地告訴我。她談得高興，也就應許了。那時，我才把書收入口袋裏，注神聽她訴說自己底歷史。

* * * * *

我十六歲就嫁給青礁林蔭喬爲妻。我底丈夫在角尾開糖舖。他回家底時候雖然少，但我們底感情決不因爲這樣就生疏。我和他過了三四年的日子，從不曾絆過嘴，或鬧過什麼意見。有一天，他從角尾回來，臉上現出憂悶的容貌。一進門就握着我底手說：『惜官，（閩俗長輩稱下輩或同輩的男女彼此相稱常加「官」字在名字之後）我底生意已經倒閉，以後我就不到角尾去啦。』我聽了這話，不由得問他：『為什麼呢？是買賣不好嗎？』他說：『不是，不是，是我自己弄壞底。這幾天那裏賭局有些朋友招我同玩，我起先贏了許多，但是後來都輸得精光，甚至連店裏底生財傢伙，也輸給人了。……我實在後悔，實在對你不住。』我怔了一會，也想不出什麼合式的話來安慰他；更不能想出什麼話來責備他。

他見我底淚流下來，忙替我擦掉，接着說：『哎！你從來不曾在我面前哭過；現在你向我掉淚，簡直像鎔融的鐵珠一滴一滴地滴在我心坎兒上一樣。我底難受，實在比你更大。你且不必擔憂，我找些資本再做生意就是了。』

當下我們二人面面相覷，在那裏靜靜地坐着。我心裏雖有些規勸底話要對他說，但我每將眼光射在他臉上底時候，就覺得他有一種妖魔的能力，不容我說，早就理會了我底意思。我只說：『以後可不要再耍錢，要知道賭錢……』

他在家裏閒着，差不多有三個月，我所積底錢財倒還夠用，所以家計用不着他十分掛慮。他鎮日出外借錢做資本，可惜沒有人信得過他，以致一文也借不到。他急得無可奈何，就動了過番

（閩人說到南洋爲過番）底念頭。

他要到新加坡去底時候，我爲他摒擋一切應用的東西，又拿了一對玉手鐲教他到廈門兌來做盤費。他要趁早潮出廈門，所以我們別離底前一夕足足說了一夜的話。第二天早晨，我送他上小船，獨自一人走回來，心裏非常煩悶，就伏在案上，想着到南洋去底男子多半不想家，不知道他會這樣不會。正這樣想，驀然一片急步聲達到門前，我認得是他，忙起身開了門問：『是漏了什麼東西忘記帶去麼？』他說：『不是。我有一句話忘記告訴你：我到那邊底時候，無論做什麼事，總得給你來信。若是五六年後我不能回來，你就到那邊找我去。』我說：『好吧。這也值得你回來叮嚀，到時候我必知道應當怎樣辦底。天不早了，你快上船去罷。』他緊握着我底手，長嘆了一聲，翻身就出去了。我注目直送到榕蔭盡處，瞧他下了長堤，才把小門關上。

我與林蔭喬別離那一年，正是二十歲。自他離家以後，只來了兩封信：一封說他在新加坡丹讓巴葛開雜貨店，生意很好。一封說他底事情忙，不能回來。我連年望他回來完聚，只是一年一年的盼望都成虛空了。

鄰舍底婦人常勸我到南洋找他去。我一想我們夫婦離別已經十年，過番找他雖是不便，卻強過獨自一人在家裏挨苦。我把所積底錢財檢妥，把房子交給鄉裏底榮家長管理，就到廈門搭船。

我第一次出洋，自然受不慣風浪底顛播，好容易就到新加坡。那時節，我心裏底喜歡，簡直在這輩子裏頭不曾再遇見。我請人帶我到丹讓巴葛義和誠去。那時我心裏底喜歡更不能用言語來形容。我瞧店裏底買賣很熱鬧，我丈夫這十年間底發達，不用我估量也就羅列在眼前了。

但是店裏底夥計都不認識我，故得對他們說明我是誰，和來意。有一位年輕的夥計對我說：『頭家（閩人稱店主爲頭家）今天沒有出來。我領你到住家去罷。』我才知道我丈夫不在店裏住；同時我又猜他一定是再娶了；不然，斷沒有所謂住家底。我在路上就向夥計打聽一下，果然不出所料！

人力車轉了幾個彎，到一所半唐半洋的樓房停住。夥計說：『我先進去通知一聲。』他撇我在外頭，許久才出來對我說：『頭家早晨出去，到現在還沒有回來哪。頭家娘請你進去裏頭等他一會兒，也許他快要回來。』他把我兩個包袱——那就是我底行李——拿在手裏，我隨着他進去。

我瞧見屋裏底陳設十分華麗。那所謂頭家娘底，是一個馬來婦人，她出來，只向我略略點了一個頭。她底模樣，據我看來很不恭敬，但是南洋底規矩我不懂得，只得陪她一禮。她頭上戴底金剛鑽和珠子，身上綴底寶石、金銀，襯着那副黑臉孔，越顯出醜陋不堪。

她對我說了幾句套話，又叫人遞一杯咖啡給我，自己在一邊吸煙、嚼檳榔，不大和我攀談。我想是初會生疏底原故，所以也不敢多問她底話。不一會，得得的馬蹄聲從大門直到廊前，我早猜着是我丈夫回來了。我瞧他比十年前胖了許多，肚子也大起來了。他口裏含着一枝雪茄，手裏扶着一根象牙杖，下了車，踏進門來，把帽子掛在架上。見我坐在一邊，正要發問，那馬來婦人上前向他唧唧咕咕地說了幾句。她底話我雖不懂得，但瞧她底神氣像有點不對。

我丈夫回頭問我說：『惜官，你要來底時候，爲什麼不預先通知一聲？是誰叫你來底？』我以爲他見我以後，必定要對我說些溫存的話，那裏想到反把我詰問起來！當時我把不平的情緒壓下，陪笑回答他說：『唉，蔭哥，你豈不知道我不會寫字麼？咱們鄉下那位寫信底旺師常常給人家寫別字，甚至把意思弄錯了；因爲這樣，所以不敢央求他替我寫。我又是決意要來找你底，不論遲早，總得動身，又何必多費這番工夫呢？你不曾說過五六年後若不回去，我就可以來嗎？』我丈夫說：『嚇！你自己倒會出主意。』他說完，就橫橫地走進屋裏。

我聽他所說底話，簡直和十年前是兩個人。我也不明白其中底緣故：是嫌我年長色衰呢，我覺得比那馬來婦人還俊得多；是嫌我德行不好呢，我嫁他那麽多年，事事承順他，從不曾做過越出範圍底事。蔭哥給我這個悶葫蘆，到現在我還猜不透。

他把我安頓在樓下，七八天的工夫不到我屋裏，也不和我說話。那馬來婦人倒是很殷勤，走來對我說：『蔭哥這幾天因爲你底事情很不喜歡，你且寬懷，過幾天他就不生氣了。晚上有人請咱們去赴席，你且把衣服穿好，我和你一塊兒去。』

她這種甘美的語言，叫我把從前猜疑她底心思完全打銷。我穿底是湖色布衣和一條大紅縐裙；她一見了，不由得笑起來。我覺得自己滿身村氣，心裏也有一點慚愧。她說：『不要緊，請咱們底不是唐山人，定然不注意你穿底是不是時新的樣式。咱們就出門罷，』

馬車走了許久，穿過一叢椰林，才到那主人底門口。進門是一個很大的花園，我一面張望，一面隨着她到客廳去。那裏果然有很奇怪的筵席擺設着。一班女客都是馬來人和印度人。她們在那裏嘰哩咕嚕地說說笑笑。我丈夫底馬來婦人也撇下我去和她們談話。不一會，她和一位婦人出去，我以爲她們逛花園去了，所以不大理會。但過了許久的工夫，她們只是不回來，我心急起來就向在座底女人說：『和我來那位婦人往那裏去？』她們雖能會意，然而所回答底話，我一句也懂不得。

我坐在一個軟墊上，心頭跳動得很利害。一個僕人拿了一壺水來，向我指着上面的筵席作勢。我瞧見別人洗手，知道這是食前底規矩，也就把手洗了。她們讓我入席，我也不知道那裏是我應當坐底地方，就順着她們指定給我底位坐下。她們禱告以後，才用手向盤裏取自己所要底食品。我頭一次掬東西吃，一定是很不自然，她們又教我用指頭底方法。我在那時，很懷疑我丈夫底馬來婦人不在座，所以無心在筵席上張羅。

筵席撤掉以後，一班客人都笑着向我親了一下吻就散了。當時我也要跟她們出門，但那主婦叫我等一等。我和那主婦在屋裏指手畫脚做啞談，正笑得不可開交，一位五十來歲的印度男子從外頭進來。那主婦忙起身向他說了幾句話，就和他一同坐下。我在一個生地方遇見生面的男子，自然羞縮到了不得。那男子走到我跟前說：『喂，你已是我底人啦。我用錢買你。你住這裏好。』他說底雖是唐話，但語格和腔調全是不對的。我聽他說把我買過來，不由得慟哭起來。那主婦倒是在身邊殷勤地安慰我。那時已是入亥時分，他們教我進裏邊睡，我只是和衣在廳邊坐了一宿，那裏肯依他們底命令！

先生，你聽到這裏必定要疑我爲什麽不死。唉！我當時也有這樣的思想，但是他們守着我好像囚犯一樣，無論什麽時候都有人在我身傍。久而久之，我底激烈的情緒過了，不但不願死，而且要留着這條命往前瞧瞧我底命運到底是怎樣的。

買我底人是印度麻德拉斯底回教徒阿戶耶。他是一個氆氌商。因爲在新加坡發了財，要多娶一個姬妾回鄉享福。偏是我底命運不好，趁着這機會就變成他底外國骨董。我在新加坡住不上一個月，他就把我帶到麻德拉斯去。

阿戶耶給我起名叫利亞。他叫我把脚放了，又在我鼻上穿了一個窟窿，帶上一隻鑽石鼻環。他說照他們底風俗，凡是已嫁的女子都得帶鼻環，因爲那是婦人底記號。他又給很好的「克爾塔」（回婦上衣，）「馬拉姆」（胸衣，）和「埃撒」（褲）教我穿上。從此以後，我就變成一個回回婆子了。

阿戶耶有五個妻子，連我就是六個。那五人之中，我和第三妻底感情最好。其餘的我很憎惡他們，因爲他們欺負我不會說話；又常常戲弄我。我底小脚在她們當中自然是希罕的：她們雖是不歇地摩挲，我也不怪。最可恨的是她們在阿戶耶面前播弄是非，教我受委曲。

阿噶利馬是阿戶耶第三妻底名字，就是我被賣時張羅筵席那個主婦。她很愛我，常勸我用「撒馬」來塗眼眶，用指甲花來塗指甲和手心。回教的婦人每日用這兩種東西和我們唐人用脂粉一樣。她又教我念孟加里文和亞剌伯文。我想起自己因爲不能寫信底緣故，致使蔭哥有所藉口，現在才到這樣的地步；所以願意在這舉目無親底時候用功學習些少文字。她雖然沒有什麼學問，但當我底教師是綽綽有餘底。

我從阿噶利馬念了一年，居然會寫字了！她告訴我他們教裏有一本天書，本不輕易給女人看底，但她以後必要拿那本書來教我。她常對我說：『你底命運會那麼蹇澀，都是阿拉給你註定底。你不必想家太甚，日後或者有大快樂臨到你身上，叫你享受不盡。』這種定命底安慰，在那時節很可以教我底精神活潑一點。

我和阿戶耶雖無夫妻底情，却免不了有夫妻底事。哎！我這孩子（她說時把手撫着那孩子底頂上）就是到麻德拉斯底第二年養底。我活了三十多歲，才懷孕，那種痛苦爲我一生所未經過。幸虧阿噶利馬能彀體貼我，她常用話安慰我，教我把目前的苦痛忘掉。有一次她瞧我過於難受，就對我說：『呀！利亞，你且忍耐着罷。咱們沒有無花果樹底福分，（可蘭經載阿丹浩挖被天魔阿扎賊來引誘，喫了阿拉所禁底果子，當時他們二人底天衣都化沒了。他們覺得赤身底羞恥，就向樂園裏底樹借葉子圍身。各種樹木因爲他們犯了阿拉底戒命，都不敢借，惟有無花果樹瞧他們二人怪可憐的，就慷慨借些葉子給他們。阿拉嘉許無花果樹底行爲，就賜他不必經過開花和受蜂蝶攪擾底苦而能結果。）所以不能免掉懷孕底苦。你若是感得痛苦底時候，可以默默向阿拉，求恩，他可憐你，就賜給你平安。』我在臨產底前後期，得着她許多的幫助，到現在還是忘不了她底情意。

自我產後，不上四個月，就有一件失意的事教我心裏不舒服；那就是和我底好朋友離別。她雖不是死掉，然而她所去底地方，我至終不能知道。阿噶利馬為什麼離開我呢？說來話長，多半是我害她底。

我們隔壁有一位十八歲的小寡婦名叫哈那，他四歲就守寡了。她母親苦待她倒罷了，還要說她前生的罪業深重，非得叫她辛苦，來生就不能超脫。她所吃所穿底都跟不上別人，常常在後園裏偷哭。她家底園子和我們底園子只隔一度竹籬，我一聽見她哭，或是聽見她在那裏，就上前和她談話，有時安慰她，有時給東西她吃；有時送她些少金錢。

阿噶利馬起先瞧見我周濟那寡婦，很不以為然。我屢次對她說明在唐山不論什麼人都可以受人家底周濟，從不分什麼教門。她受我底感動，後來對於那寡婦也就發出哀憐的同情。

有一天，阿噶利馬拿些銀子正從籬間遞給哈那，可巧被阿戶耶瞥見。他不聲不張，躡步到阿噶利馬後頭，給她一掌，順口罵說：『小母畜，賤生的母豬，你在這裏幹什麽？』他回到屋裏，氣得滿身抖擻，指着阿噶利馬說：『誰教你把錢給那婆羅門婦人？豈不把你自己玷汙了嗎？你不但玷汙了自己，更是玷汙我和淸眞聖典「馬賽拉」！』（是「阿拉」禁止底意思）快把你底「布卡」（面幕）放下來罷。

我在裏頭聽得淸楚，以爲罵過就沒事。誰知不一會的工夫，阿噶利馬珠淚承睫地走進來，對我說：『利亞，我們要分離了！』我聽這話，嚇了一跳，忙問道：『你說底是什麽意思，我聽不明白？』她說：『你不聽見他叫我把布卡放下來罷？那就是休我底意思。此刻我就要回娘家去。你不必悲哀，過兩天他氣平了，總得叫我回來。』那時我一陣心酸，不曉得要用什麽話來安慰她，我們抱頭哭了一場就分散了。唉！『殺人放火金腰帶；修橋整路長大癩。』這兩句話實在是人間生活底常例呀！

自從阿噶利馬去後，我底淒涼的歷書又從「賀春王正月」翻起。那四個女人是與我素無交情底。阿戶耶呢，他那副黝黑的臉，蝟毛似的鬍子，我一見了就憎厭，巴不得他快離開我。我每天的生活就是乳育孩子，此外沒有別的事情。我因爲阿噶利馬底事，嚇得連花園也不敢去逛。

過幾個月，我底苦生涯快挨盡了！因爲阿戸耶藉着病回他底樂園去了。我從前聽見阿噶利馬說過：婦人於丈夫死後一百三十日後，就得自由，可以隨便改嫁。我本欲等到那規定的日子才出去，無奈她們四個人因爲我有孩子，在財產上恐怕給我佔便宜，所以多方窘迫我。她們底手段，我也不忍說了。

哈那勸我先逃到她姊姊那裏。她教我送一點錢財給她姊夫，就可以得他們底容留。她姊姊我曾見過，性情也很不錯。我一想，逃走也是好的，她們四個人底心腸鬼蜮到極，若是中了她們底暗算，可就不好。哈那底姊夫在亞可特住。我和她約定了，教她找機會通知我。

一星期後，哈那對我說她底母親到別處去，要夜深才可以回來，教我由籬笆逾越過去。這事本不容易，因事後須得使哈那不致於吃虧。而且籬上界着一行鐵線，實在教我難辦。我抬頭瞧見籬下那棵波羅蜜樹有一椏橫過她那邊，那樹又是斜着長上去底。我就告訴她，叫她等待人靜底時候在樹下接應。

原來我底住房有一個小門通到園裏。那一晚上，天際只有一點星光，我把自己細軟的東西藏在一個口袋裏，又多穿了兩件衣裳，正要出門，瞧見我底孩子睡在那裏。我本不願意帶他同行，只怕他醒時瞧不見我要哭起來，所以暫住一下，把他抱在懷裏，讓他吸乳。他吸底時節，纔實在感得我是他底母親，他父親雖與我沒有精神上的關係，他卻是我養底。況且我去後，他不免要受別人底折磨。我想到這裏，不由得雙淚直流。因爲多帶一個孩子，會教我底事情越發難辦。我想來想去，還是把他馱起來，低聲對他說：『你是好孩子，就不要哭，還得乖乖地睡。』幸虧他那時好像理會我底意思，不大作聲。我留一封信在牀上，說明願意拋棄我應得的產業和逃走底理由，然後從小門出去。

我一手往後托住孩子，一手拿着口袋，躡步到波羅蜜樹下。我用一條繩子拴住口袋，慢慢地爬上樹，到分椏底地方少停一會。那時孩子哼了一兩聲，我用手輕輕地拍着，又搖他幾下，再把口袋擠上來，拋過去給哈那接住。我再爬過去，摸着哈那爲我預備底繩子，我就緊握着，讓身體慢慢墜下來。我底手耐不得摩擦，早已被繩子刲傷了。

我下來之後，謝過哈那，忙忙出門，離哈那底門口不遠就是愛德耶河，哈那和我出去雇船，她把話交代清楚就回去了。那舵工是一個老頭子，也許聽不明白哈那所說底話。他划到塞德必特車站，又替我去買票。我初次搭車，所以不大明白行車底規矩。他叫我上車，我就上去。車開以後，查票人看我底票纔知道我搭錯了。

車到一個小站，我趕緊下來，意思是要等別輛車搭回去。那時已經夜半，站裏底人說上麻德拉斯底車要到早晨纔開。不得已就在候車處坐下。我把「馬支拉」（回婦外衣）披好，用手支住袋假寐，約有三四點底工夫。偶一擡頭，瞧見很遠一點燈光由柵欄之間射來。我趕快到月臺去，指着那燈問站裏底人。他們當中有一個人笑說：『這婦人連方向也分不清楚了。她認啓明星做車頭底探燈哪。』我瞧眞了，也不覺得笑起來，說：『可不是！我底眼眞是花了。』

我對着啓明星，又想起阿噶利馬底話。她曾告訴我那星是一個擅於迷惑男子底女人變底。我因此想起蔭哥和我底感情本來很好，若不是受了番婆底迷惑，決不忍把他最愛的結髮妻賣掉。我又想着自己被賣底不是不能全然歸在蔭哥身上。若是我情願在唐山過苦日子，無心到新加坡去依賴他，也不會發生這事。我想來想去，反笑自己逃得太過唐突。我自問既然逃得出來，又何必去依賴哈那底姊姊呢？想到這裏，仍把孩子抱回候車處，定神解決這問題。我帶出來底東西和現銀共值三千多盧比，若是在村莊裏住，很可以夠一輩子底開消；所以我就把獨立生活底主意拿定了。

天上底諸星陸續收了他們底光，惟有啓明仍在東方熌爍着。當我瞧着她底時候，好像有一種聲音從他底光傳出來說：『惜官，此後你別再以我為迷惑男子底女人。要知道凡光明的事物都不能迷惑人。在諸星之中，我最先出來告訴你們黑暗快到了；我最後回去，為底是領你們緊接受着太陽底光亮；我是夜界最光明的星。你可以當我做你心裏底殷勤的警醒者。』我朝着他，心花怒開，也形容不出我心裏底感謝。此後我一見着他，就有一番特別的感觸。

我向人打聽客棧所在底地方，都說要到貞葛布德纔有。於是我又搭車到那城去。我在客棧住不多的日子，就搬到自己底房子住去。

那房子是我把鑽石鼻環兌出去所得底金錢買來底。地方不大，只有二間房和一個小園，四面樺些露兜樹當做園牆。印度式的房子雖然不好，但我愛他靠近村莊，也就顧不得他底外觀和內容了。我僱了一個老婆子幫助料理家務，除養育孩子以外，還可以念些印度書籍。我在寂寞中和這孩子玩弄，纔覺得孩子底可愛，比一切的更甚。

每到晚間，就有一種很莊重的歌聲送到我耳裏。我到園裏一望，原來是從對門一個小家庭發出來。起先我也不知道他們唱來幹什麼，後來我纔曉得他們是基督徒。那女主人以利沙伯不久也和我認識，我也常去赴他們底晚禱會。我在貞葛布德最先認識底朋友就算他們那一家。

以利沙伯是一個很可親的女人，她勸我入學校念書，且應許給我照顧孩子。我想偸閒度日也是沒有什麼出色，所以在第二年她就介紹我到麻德拉斯一個婦女學校念書，每月回家一次瞧瞧我底孩子，她爲我照顧得很好，不必我擔憂。

我在校裏沒有分心底事，所以成績甚佳。這六七年的工夫，不但是學問長進，連從前所有的見地都改變了，我畢業後直到於今就在貞葛布德附近一個村裏當教習。這就是我一生經歷底大概，若要詳細說來，雖用一年底工夫也說不盡。

現在我要到新加坡找我丈夫去。因爲我要知道賣我底到底是誰。我很相信蔭哥必不忍做這事；縱然是他出底主意，終有一天會悔悟過來。

* * * * *

惜官和我談了足有兩點多鐘，她說得很慢，加之孩子時時攪擾她，所以沒有把她在學校底生活對我詳細地說。我因爲她說得工夫太長，恐怕精神過於受累，也就不往下再問。我只對她說：『你在那漂流底時節，能夠自己找出這條活路，實在可敬。明天到新加坡底時候，若是要我幫助你去找蔭哥，我很樂意爲你去幹。』她說：『我那裏有什麼聰明，這條路不過是冥冥中的指導者替我開底。我在學校裏所念底書，最感動我底是天路歷程和魯賓孫漂流記。這兩部書給我許多安慰和模範。我現時簡直是一個女魯賓孫哪。你要幫我去找蔭哥，我實在感激。因爲新加坡我不大熟悉，明天總得求你和我……』說到這裏，那孩子催着她進去艙裏拿玩具給他，她就起來，一面續下去說：『明天總得求你幫忙。』我起立對她行了一個敬禮，就坐下把方纔的會話錄在懷中日記裏頭。

過了二十四點鐘，東南方微微露出幾個山峯。滿船底人都十分忙碌，惜官也顧着檢點她底東西，沒有出來。船入港底時候，她纔攜着孩子出來與我坐在一條長凳上頭。她對我說：『先生：想不到我會再和這個地方相見。岸上底椰樹還是舞着他們底葉子；海面底白鷗還是飛來飛去向客人表示歡迎；我底愉快也和九年前初會他們那時一樣。如箭的時光，轉眼就過了那麼多年，但我至終瞧不出從前所見底和現在所見底當中有什麼分別。……呀！「光陰如箭」底話，不是指着箭飛得快說，乃是指着箭底本體說。光陰無論飛得多麼快，在裏頭底事物還是沒有什麼改變；好像附在箭上底東西，箭雖是飛行着，他們卻是一點不更改。……我今天所見底和從前所見底雖是一樣，但願蔭哥底心腸不要像自然界底現象，變更得那麼慢；但願他回心轉意地接納我。』我說：『我和你表同情。聽說這船要泊在丹讓巴葛底碼頭，我想到時，你先在船上候着，我上去打聽一下，再回來和你同去。這辦法好不好呢。』她說：『那麼，就教你多多受累了。』

我上岸問了好幾家都說不認得林蔭喬這個人，那義和誠底招牌更是找不着。我非常着急，走了大半天，覺得有一點累，就上一家廣東茶居歇足，可巧在那裏給我查出一點端倪。我問那茶居底掌櫃。據他說：林蔭喬因爲把妻子賣給一個印度人，惹起本埠多數唐人底反對。那時有人說是他出主意賣底，有人說是番婆賣底，究竟不知道是誰做底事。但他底生意因此受莫大的影響，他瞧着在新加坡站不住，就把店門關起來，全家搬到別處去了。

我回來將所查出底情形告訴惜官，且勸她回唐山去。她說：『我是永遠不能去底。因爲我帶着這個棕色孩子，一到家，人必要恥笑我；况且我對於唐文一點也不會，回去豈不要餓死嗎？我想在新加坡住幾天，細細地訪查他底下落。若是訪不着時，仍舊回印度去。……唉，現在我已成爲印度人了！』

我瞧她底情形，實在想不出什麼話可以勸她回鄉，只歎一聲說：『呀！你底命運實在苦！』她聽了反笑着對我說：『先生啊，人間一切的事情本來沒有什麼苦樂底分別：你造作時是苦，希望時是樂；臨事時是苦，回想時是樂。我換一句話說：眼前所遇底都是困苦；過去，未來底回想和希望都是快樂。昨天我對你訴說自己境遇底時候，你聽了覺得很苦，因爲我把從前的情形陳說出來，羅列在你眼前，教你感得那是現在的事；若是我自己想起來，久別，被賣，逃亡等等事情都有快樂在內。所以你不必爲我歎息，要把眼前的事看開纔好。……我只求你一樣，你到唐山時，若是有便，就請到我村裏通知我母親一聲。我母親算來已有七十多歲，她住在鴻漸，我底唐山親人只剩着她咧。她底門外有一棵很高的橄欖樹，你打聽良姆，人家就會告訴你。」

船離碼頭底時候，她還站在岸上揮着手巾送我。那種誠摯的表情，教我永遠不能忘掉。我到家不上一月就上鴻漸去。那橄欖樹下底破屋滿被古藤封住，從門縫兒一望，隱約瞧見幾座朽腐的木主擱在桌上，那裏還有一位良姆！

換巢鸞鳳

一　歌聲

那時剛過了端陽節期，滿園裏底花草倚仗著雨底恩澤，都爭着向太陽獻他們底媚態。——鳥兒、蟲兒也在這燦爛的庭園歌舞起來。和鸞獨自一人站在啭鸝亭下。她所穿底衣服和檻下紫蛺蝶花底顏色相彷。乍一看來，簡直疑是被陽光底威力擁出來底花魂。她一手用蒲葵扇擋住當午的太陽，一手提着長袖，望發出蟬聲底梧桐前進。——走路時，脚下底珠鞋一步一步印在軟泥嫩苔之上，印得一路都是方勝了。

她走到一株瘦削的梧桐底下，瞧見那蟬踞在高枝嘶嘶地叫個不住，——想不出什麼方法把那小蟲帶下來，便將手扶着樹幹盡力一搖，葉上底殘雨乘着機會飛滴下來，那小蟲也帶着殘聲飛過牆東去了。那時，她纔後悔不該把樹搖動，教那餓鬼似的雨點爭先恐後地撲在自己身上。那蟲歇在牆東底樹梢，還振着肚皮向她解嘲說：『値也値也！……値』她憤不過，要跑過那邊去和小蟲見個輸贏。剛過了月門，就聽見一縷清逸的歌聲從南窗裏送出來。她愛音樂底心本是受了父親底影響，一聽那抑揚的腔調，早把她所要做底事擱在腦後了。她悄悄地走到窗下，只聽得：

『……

你在江湖流落尚有雌雄侶；

虧我影隻形單異地棲。

風急衣單無路寄，

寒衣做起誤落空閨。

日日望到夕陽，我就愁倍起：

只見一圍衰柳鎖住長堤。

又見人影一鞭殘照裏，
幾回錯認是我郎歸，
…………………………』

正聽得津津有味，一種嬌嬈的聲音從月門出來；『大小姐你在那裏幹什麼？太太請你去瞧金魚哪。那是客人從東沙帶來送給咱們底。好看得很，快進去罷。』她回頭見是自己底丫頭嬋而，就示意不教她做聲，且招手叫她來到跟前，低聲對她說：『你聽這歌聲多好！』她底聲音想是被窗裏底人聽見，話一說完，那歌聲也就止住了。

嬋而說：『小姐，你瞧你底長褂子都已濕透，鞋子也給泥沾汙了。咱們回去罷，別再聽啦。』她說：『剛纔所聽底實在是好，可惜你來遲一點，領教不着。』嬋而問：『唱底是什麼？』她說：『是用本地話唱的。我到底時候，只聽得什麼……尙有雌雄侶……影隻形單異地棲。……』嬋而不由她說完就插嘴說：『嘿嘿，小姐，我知道了。我也會唱這種歌兒。你所聽底叫做多情雁，我也會唱。』她聽見嬋而也會唱，心裏十分喜歡，一面走一面問：『這是那一類底歌呢？你說會唱，爲什麼你來了這兩三年從不曾唱過一次?』孿而說:『這就叫做粵謳,大半是男人唱底。我恐怕老爺罵,所以不敢唱。』她說:『我想唱也無妨。你改天教給我幾枝罷。我很喜歡這個,』她們在談話間,已經走到飲光齋底門前,二人把脚下底泥刮掉,纔踏進去。

飲光齋是陽江州衙內底靜室。由這屋裏往北穿過三思堂就是和鸞底臥房。和鸞和孿而進來底時候,父親崇阿,母親赫舍里氏,妹妹鳴鶯,和表兄啓禎正圍坐在那裏談話。鳴鶯把她底座讓出一半,對和鸞說:『姊姊快來這里坐着罷。爸爸給咱們講養魚經哪。』和鸞走到妹妹身邊坐下,瞧見當中懸着一個琉璃壺,壺內底水映着五色玻璃窗底彩光,把金魚底顏色襯得越發好看。崇阿只管在那裏說,和鸞却不大介意。因爲他惦念着跟孿而學粵謳,巴不得立刻回到自己底臥房去。她坐了一會,仍扶着孿而出來。

崇阿瞧見和鸞出去,就說:『這孩子進來不一會兒,又跑出去,到底是忙些什麼?』赫氏笑着回答說:『也許是瞧見禎哥兒在這裏,不好意思坐着罷。』崇阿說:『他們天天在一塊兒也不害羞,偏是今天就迴避起來。眞是奇怪。』原來啓禎是赫氏底堂姪子,他底祖上,不曉得在那一代有了戰功，給他蔭襲一名輕車都尉。只是他父母早已去世，從小就跟着姑姑過日子，他姑丈崇阿是正白旂人，由筆帖式出身，出知陽江州事。他底學問雖不甚好，卻很喜歡談論新政。當時所有的新式報，像時務報，清議報，新民叢報，和康梁們底著述，他除了辦公以外，不是彈唱，就是和這些新書報周旋。他又深信非整頓新軍不能教國家復興起來。因爲這樣，他在啓禎身上底盼望就非常奢大。有時下鄉勦匪，也帶着他同行，爲底是叫他見習些戰務。年來瞧見啓禎長得一副好身材，心裏更是喜歡，有意思要將和鸞配給他。老夫婦們曾經商量過好幾次，卻沒有正式提起。赫氏以爲和鸞知道這事，所以每到啓禎在跟前底時候，她要避開，也就讓她迴避。

再說和鸞跟嬅而學了幾枝粵謳，總覺得那腔調不及那天在園裏所聽底好。但是她很聰明，曲譜一上口，就會照着彈出來。她自己費了很大的工夫去學粵謳，方纔摸着一點門徑，居然也會撰詞了。她在三思堂聽着父親彈琵琶，不覺技癢起來，等父親彈完，就把那樂器抱過來，對父親說：『爸爸，我這兩天學了些新調兒，自己覺得很不錯；現在把他彈出來，您瞧好聽不好聽。』她說着，一面用手去和絃子，然後把琵琶立起來，唱道：

『蕭疎雨，問你要落幾天？
你有天宮唔(注)住，偏要在地上流連。
你爲饒益衆生，捨得將自己作踐。
我地(注)得到你來，就唔使勞煩個位散花仙。
人地話(注)雨打風吹會將世界變，
你睇(注)嬌紅嫩綠委實增人戀。
果然你一來到就把錦繡裝飾滿園。
可怪嘅(注)好世界，重有個隻啼不住嘅杜鵑！
鵑呀！願我嘅(注)血灑來好似雨嘅周徧，
一點一滴潤透三千大千。
勸君休自蹇，要把愁眉展。
但願人間一切血、淚和汗點，

一灑出來就同雨點一樣化做甘泉。』

『這是前天天下雨的時候做底，不曉得您聽了以爲怎樣?』崇阿笑說:『我兒,你多會學會這個?這本是曠夫怨女之詞,你把他換做寫景也還可聽。你倒有一點聰明,是誰教給你底?』和鸞瞧見父親喜歡,就把那天怎樣在園裏聽見,怎樣央嬋而教,自己怎樣學,都說出來。崇阿說:『你是在龍王廟後身聽底嗎?我想那是祖鳳唱底。他唱得很好,我下鄉時,也曾叫他唱給我聽。』和鸞便信口問:『祖鳳是誰?』崇阿說:『他本是一個囚犯,去年黃總爺擡舉他,請我把他開釋,留在營裏當差。我瞧他底身材、氣力都很好,而且他底刑期也快到了,若是有正經事業給他做,也許有用,所以把他交給黃總爺調遣去。他現在當着第三棚底什長哪。』和鸞說:『噢,原來是這裏頭底兵丁。他底聲音實在是好。我總覺得嬋而唱底不及他萬一。有工夫還得叫他來唱一唱。』崇阿說:『這倒是容易的事情,明天把他調進內班房當差,就不怕沒有機會聽他底。』崇阿因爲祖鳳底氣力大,手足敏捷,很合自己底軍人理想,所以很看重他。這次調他進來,雖說因着愛女兒底緣故,還是免不了寓着提拔他底意思。

二　射覆

自從祖鳳進來以後，和鸞不時喚他到囀鸝亭彈唱，久而久之，那人人有底「大欲」就把他們纏住了。他們此後相會底羅針不是指着彈唱那方面，乃是指着「情話」那方面。愛本來沒有等第，沒有貴賤，沒有貧富底分別。和鸞和祖鳳雖有主僕底名分，然而在他們底心識裏，這種階級底成見早已消滅無餘。崇阿耳邊也稍微聽見二人底事，因此後悔得很。但他很信他底女兒未必就這樣不顧體面，去做那無恥的事，所以他對於二人底事，常在疑信之間。

八月十二，交酉時分，滿園底樹被殘霞照得紅一塊，紫一塊。樹上底歸鳥在那裏啁啁唶唶地亂嚷。和鸞坐在蘋婆樹下一條石凳上頭，手裏彈着她底樂器，口裏低聲地唱。那時，歌聲、琵琶聲、鳥聲、蟲聲、落葉聲和大堂上定更底鼓聲混合起來，變成一種特別的音樂。祖鳳從如樓船屋那邊走來，說：『小姐，天黑啦，還不進去麼？』和鸞對着他笑，口裏仍然唱着，也不回答他。他進前正要挨着和鸞坐下，猛聽得一聲：『鸞兒，天黑了，你還在那裏幹什麼？快跟我進來。』祖鳳聽出是老爺底聲音，一縷煙似的就望閣提花叢裏攢進去了。和鸞隨着父親進去，挨了一頓大申斥。次日，崇阿就借着別的事情把祖鳳打四十大板，仍舊趕回第三棚，不許他再到上房來。

和鸞受過父親底責備，心裏十分委曲因爲衙內上上下下都知道大小姐和祖什長在園裏被老爺撞見底事，弄得她很沒意思。崇阿也覺得那晚上把女兒申斥得太過，心裏也有點憐惜。又因爲她年紀大了，要趕緊將她說給啓禎，省得再出什麼錯。他就吩咐下人在團圓節預備一桌很好的瓜果在園裏，全家底人要在那裏賞月行樂。崇阿底意思；一來是要叫女兒喜歡；二來是要藉着機會向啓禎提親。

一輪明月給流雲擁住，朦朧的霧氣充滿園中，只有印在地面底花影稍微可以分出黑白來。崇阿上了如樓船屋底樓上瞧見啓禎在案頭點燭，就說：『今晚上天氣不大好啊！你快去催她們上來，待一會恐怕要下雨。』啓禎聽見姑丈底話，把香案瓜果整理好，纔下樓去。月亮越上越明，雲影也漸漸散了。崇阿高興起來，等她們到齊底時候，就拿起琵琶彈了幾枝曲。他要和鸞也彈一枝。但她底心裏煩悶已極，自然是不願意彈底。崇阿要大家在這晚上都得着樂趣，就出了一個賭果子底玩意兒。在那樓上賞月的有赫氏、和鸞、鳴鶯、啓禎連崇阿是五個人。他把果子分做五份，然後對衆人說：『我想了個新樣的射覆，就是用你們常念底千家詩和唐詩裏底詩句，把一句詩當中換一個字，所換底字還要射在別句詩上。我先說了，不許用偏僻的句，因爲這不是叫你們賭才情，乃是教你們鬪快樂。我們就挨着次序一人唱一句，拈鬮定射覆底人。射中底就得唱句人的贈品；射不中就得挨罰。』大家聽了都請他舉一個例。他就說：『比如我唱一句長安雲邊多麗人，要問：你明明是水，爲什麼說雲？你就得在千家詩或唐詩裏頭找一句來答覆。若說：美人如花隔雲端，就算覆對了。』和鸞和鳴鶯都高興得很，他們低着頭在那裏默想。惟有啓禎跑到書房把書翻了大半天纔上來。姊妹們說他是先翻書再來賭底，不讓他加入。崇阿說：『不要緊，若詩不熟，看也無妨。我們只是取樂，毋須認眞。』於是都挨着次序坐下，個個側耳聽着那唱句人底聲音。

第一次是鳴鶯，唱了一句：『樓上花枝笑不眠。』問：『明明是獨，怎麼說不？』把鬮一拈，該崇阿覆。他想了一會，就答道：『春色惱人眠不得。』鳴鶯說：『中了。』於是把兩個石榴送到父親面前。第二次是赫氏唱：『主人有茶歡今夕。』問：『明明是酒，爲什麼變成茶？』鳴鶯就答：『寒夜客來茶當酒。』崇阿說：『這句覆得好。我就把這兩個石榴加贈給你。』第三次是啓禎，唱：『纖雲四卷天來河。』問：『明明是無怎樣說來：』崇阿想了半天想不出一句合式的來。啓禎說：『姑丈這次可要挨罰了。』崇阿說：『好。你自己覆出來罷。我實在想不起來。』啓禎顯出很得意的樣子，大聲念道：『君不見黃河之水天上來？』弄得滿坐底人都瞧着笑。崇阿說：『你這句射得不大好。姑且算你贏了罷。』他把果子送給啓禎，正要唱時，當差底說：『省城來了一件要緊的公文。師爺要請老爺去商量。』崇阿立刻下樓，到簽押房去。和鸞站起來唱道：『千樹萬樹梨花飛。』問：『明明是開，爲什麼又飛起來？』赫氏答道：『春城無處不飛花。』她接了和鸞底贈品就對鳴鸞說：『該你唱了。』於是鳴鸞唱一句：『桃花盡日夾流水。』問：『明明是隨，爲何說夾？』和鸞答道：『兩岸桃花夾古津。』這次應當是赫氏唱，但她一時想不起好句來，就讓給啓禎。他唱道：『行人弓箭各在肩。』問：『明明是腰，怎會在肩？那腰空着有什麼用處？』和鸞說：『你這問太長了。叫人怎樣覆？』啓禎說：『還不知道是你射不是你，何必多嘴呢？』他把鬮筒搖了一下，纔教各人抽取。那黑鬮可巧落在鳴鸞手裏。她想一想，就笑說：『莫不是腰橫秋水雁翎刀嗎？』啓禎忙說：『對，對，你很聰明。』

和鸞只掩着口笑。啓禎說：『你不要笑人，這次該你了，瞧瞧你底又好到什麼地步。』和鸞說：『禎哥這唱實在差一點，因爲沒有覆到肩字上頭。』她說完就唱：『青草池塘獨聽蟬。』問：『明明是蛙，怎麼說蟬？』可巧該啓禎射。他本來要找機會調嘲和鸞，藉此報復她方纔底批評，可巧他想不起來，就說一句俏皮話『癩蝦蟆自然不配在青草池塘那裏叫喚。』他說這句話是誠心要和和鸞起鬨。個人心事自家知，和鸞聽了自然猜他是說自己和祖鳳底事，不由得站起來說：『哼，莫笑蛇無角，成龍也未知。禎哥，你以爲我聽不懂你底話麼？咳，何苦來。』她說完就悻悻的下樓去。赫氏以爲他們是鬧玩，還在上頭嚷着：『這孩子眞會負氣，回頭非叫她父親打她不可。』

和鸞跑下來，踏着花陰要向自己房裏去。繞了一個彎，剛到囀鸝亭，忽然一團黑影從樹下拱起來，把她嚇得魂不附體。正要舉步疾走，那影兒已走近了。和鸞一瞧，原來是祖鳳。她說：『亞鳳，你昏夜裏在園裏嚇人幹什麼？』祖鳳說：『小姐，我正候着你，要給你說一宗要緊的事。老爺要把你我二人重辦，你知道不知道？』和鸞說：『笑話，那裏有這事？你從那裏聽來底？他剛和我們一塊兒在如樓船屋樓上賞月哪。』祖鳳說：『現在老爺可不是在簽押房嗎？』和鸞說：『人來說師爺有要事要和他商量並沒有什麽？』祖鳳說：『現在正和師爺相議這事呢。我想你是不要緊的，不過最好還是暫避幾天等他氣過了纔回來。若是我，一定得逃走，不然連性命也要沒了。』和鸞驚說：『眞的麽？』祖鳳說：『誰還哄你？你若要跟我去時，我就領你閃避幾天再回來。……無論如何，我總走底。我爲你挨了打，一定不能撇你在這裏，你若不和我同行，我寧願死在你跟前。』他說完掏出一枝手鎗來，把鎗口向着自己底心坎，裝做要自殺底樣子。和鸞瞧見這個光景，她心裏已經軟化了。她把鎗奪過來，撫着亞鳳底肩旁說？『也罷。我不忍瞧見你對着我做傷心的事，你且在這裏等候，我回去房裏換一雙平底鞋再來。』祖鳳說：『小姐底長褂也得換一換纔好。』和鸞回答一聲：『知道。』就忙忙地走進去。

三　一失足

她回到房中，知道嬅而還在前院和女僕鬭牌。瞧瞧時計纔十一點零，於是把鞋換好，糊亂拿了幾件衣服出來。祖鳳見了她忙上前牽着她底手說：『咱們由這邊走。』他們走得快到衙後底角門，亞鳳教和鸞在一株榕樹底下站着。他到角門邊底更房見沒有人在那裏，忙把牆上底鑰匙取下。出了房門就招手叫和鸞前來。他說：『我且把角門開了讓你先出去。我隨後爬牆過去帶着你走。』和鸞出去以後，他仍把角門關鎖妥當，再爬過牆去。原來衙後就是獅山，雖不甚高，樹木卻是不少。衙內底花園就是山頂底南部。二人下了獅山，沿着山脚走。和鸞猛然對祖鳳說：『呀！我們要到那裏去？』祖鳳說：『先到我朋友底村莊去，好不好？』和鸞問說：『什麼村莊，離城多遠呢？』祖鳳說：『逃難底人，一定是越遠越好的。咱們只管走罷。』和鸞說：『我可不能遠去。天亮了，我這身裝束，誰還認不得？』『對呀。我想你可以扮男裝。』和鸞說：『不成，不成，我底頭髮和男子不一樣。』祖鳳停步想了一會，就說：『我為你設法。你在這裏等着，我一會就回來。』他去後，不久就拿了一頂遮羞帽（陽江婦人用的竹帽）一套靑布衣服來。他說：『這就可以過關啦。』和鸞改裝後，將所拿底東西交給祖鳳。二人出了五馬坊，望東門邁步。

那一晚上，各城門都關得很晚，他們竟然安安穩穩地出城去了。他們一直走，已經過了一所醫院。路上一個人也沒有，只有天空懸着一個半明不亮的月。和鸞走路時，心裏老是七上八下地打算。現在她可想出不好來了。她和祖鳳剛要上一個山坡，就止住說：『我錯了。我不應當跟你出來。我須得回去。』她轉身要走，只是脚已無力，不聽使喚，就坐一塊大石上頭。那地兩面是山，樹林裏不時發出一種可怕的怪聲。路上只有他們二人走着。和鸞到這時候，已經哭將起來。她對祖鳳說：『我寧願回去受死，不願往前走了。我實在害怕得很，你快送我回去罷。』祖鳳說：『現在可不能回去，因爲城門已經關了。你走不動，我可以馱你前行。』她說：『明天一定會給人知道底。若是有人追來，要怎樣辦呢？』祖鳳說：『我們已經改裝，由小路走一定無妨。快走罷。多走一步是一步。』他不由和鸞做主，就把她馱在背上，一步一步登了山坡。和鸞伏在後面，把眼睛閉着，把雙耳掩着。她全身底筋肉也顫動得很利害。那種恐慌底光景，簡直不能用筆墨形容出來。

蜿蜒的道上，從遠看只像一個人走着；挨近卻是兩個。前頭一種強烈之喘聲和背後那微弱的氣息相應和。上頭的烏雲把月籠住，送了幾粒雨點下來。他們讓雨淋着，還是一直地望前。剛渡過那龍河，天就快亮了。祖鳳把和鸞放下，對她說：『我去叫一頂轎子給你坐罷。天快要亮了，前邊有一個大村子，咱們再不能這樣走了。』和鸞哭着說：『你要帶我到那裏去呢？若是給人知道了，你說怎好？』祖鳳說：『不礙事底。咱們一同走着，看有轎子，再雇一頂給你，我自有主意。』那時東方已有一點紅光，雨也止了。他去雇了一項轎子，讓和鸞坐下，自己在後面緊緊跟着，足行了一天，快到那篤墟了。他恐怕到底時候沒有住處，所以在半路上就打發轎夫回去。和鸞扶着他慢慢地走，到了一間破廟底門口。祖鳳教和鸞在柢槐旁邊候着，自己先進裏頭去探一探，一會兒他就攙着和鸞進去。那晚上就在那裏歇息。

和鸞在夢中驚醒。從月光中瞧見那些陳破的神像：臉上底髯子，和身上底破袍被風飄得舞動起來。那光景實在猙獰可怕。她要伏在祖鳳懷裏，又想着這是不應當的。她懊悔極了，就推祖鳳起來，叫她送自己回去。祖鳳這晚上倒是好睡，任她怎樣搖也搖不醒來。她要自己出來，那些神像直瞧着她，叫她動也不敢動。次日早晨，祖鳳牽着她仍從小路走。祖鳳所要找底朋友，就在這附近住，但他記不清那條路底方位。他們向着早晨的太陽前行，由光線中瞧見一個人從對面走來。祖鳳瞧那人底容貌，像在那裏見過似的，只是一時記不起他底名字。他要用他們底暗號來試一試那人，就故意上前撞那人一下，大聲喝道：『呸！你盲了嗎？』和鸞瞧這光景，力勸他不要鬧禍；但她底力量那裏禁得住祖鳳。那人受祖鳳這一喝，卻不生氣。只回答說：『我卻不盲，因爲我底眼睛比你大。』說完還是走他底。祖鳳聽了，就低聲對和鸞說：『不怕了。咱們有了宿處了。我且問他這附近有房子沒有；再問他認識亞成不認識。』說着就叫那人回來，慇懃地問他說：『你既然是豪傑，請問這附近有甲子借人沒有？』那人指着南邊一條小路說：『從這條線打聽去罷。』祖鳳乘機問他：『你認得金成麼？』那人一聽祖鳳問金成，就把眼睛望他身上估量了一回。說：『你問他做什麼？他已不在這裏。你莫不是由城來底麼？是黃得勝叫你來底不是？』祖鳳連聲答了幾個是。那人望四圍一瞧，就說：『這裏不是說話底地方。你可以到我那裏去，我再把他底事情告訴你。』

原來那人也姓金，名叫權。他住在那篙附近一個村子，曾經一度到衙門去找黃總爺。祖鳳就在那時見他一次。他們一說起來就記得了。走底時節，亞權問祖鳳說：『隨你走底可是管嫂？』祖鳳支離地回答他。和鸞聽了十分懊惱，但她底臉帽子遮住，所以沒人理會她底當時的神氣。三人順着小路走了約有三里之遙，當前橫着一條小溪澗；架着兩岸底橋是用一塊舊棺木做底。他們走過去，進入一叢竹林。亞權說：『到我底甲子了。』祖鳳、和鸞跟着亞權進入一間矮小的茅菴。讓坐之後，和鸞還是不肯把帽子摘下來。祖鳳說：『她初出門，還害羞咧。』亞權說：『莫請嫂子到房裏歇息，我們就在外頭談談罷。』祖鳳叫和鸞進房裏回頭就問亞權說：『現在就請你把成哥底下落告訴我。』亞權歎了一口氣說：『哎！他現時在開平縣底監裏哪，他在幾個月前出去「打單」，兵來了還不逃走，所以給人搗住了。』這時祖鳳底臉上顯出一副很驚惶的模樣說：『噢，原來是他。』亞權反問什麼意思。他就說：『前晚上可不是中秋嗎？省城來了一件要緊的文書，師爺看了，忙請老爺去商量。我正和黃總爺在龍王廟裏談天，忽然在簽押房當差底朱爺跑來，低聲地對黃總爺說：開平縣監裏一個刧犯供了他和土匪勾通，要立刻他到堂對質。黃總爺聽了立刻把幾件細軟的東西藏在懷裏就望頭門逃走。他臨去時，教我也得逃走。說：這案若發作起來，連我也有份。所以我也逃出來。現在給你一說，我才明白是他。』亞權說：『逃得過手，就算好運氣。我想你們也餓了，我且去煮些沙來給你們耕罷。』他說着就到簷下煮飯去了。

和鸞在裏面聽得很清楚，一見亞權出去，就站在門邊怒容向着祖鳳說：『你們方才所說底話，我已聽明白了。你現在就應當老老實實地對我說。不然，我……』她說到這裏，咽喉已經噎住。

祖鳳進前幾步，和聲對她說：『我底小姐，我實在是把你欺騙了。老爺在簽押房所商量底與你並沒有什麼相干乃是我和黃總爺底事。我要逃走，又捨不得你，所以想些話來騙你，爲底是要叫你和我一塊住着。我本來要扮做更夫到你那裏，剛要到更房去取傢具，可巧就遇着你，因此就把你哄住了。』和鸞說：『事情不應當這樣辦。這樣叫我怎樣見人。你爲什麼對人說我是你底妻子？原來你底……』祖鳳瞧她越說越氣，不容她說完就插着說：『我底小姐，你不曾說你是最愛我底嗎？你捨得教我離開你嗎？』亞權聽見裏面小姐長小姐短底話，忙進來打聽到底是那一回事。祖鳳知瞞不過，就把事情底原委說給他知道。他們二人用了許多話語才把和鸞底氣減少了。

亞權也是和黃總爺一黨底人，所以很出力替祖鳳遮藏這事。他爲二人找一個藏身之所，不久就搬到離亞權底茅屋不遠一所小房子住去。

四　他底宗教

和鸞所住底屋子靠近山邊。屋後一脈流水；四圍都是竹林。屋內只有兩鋪牀，一張桌子。和幾張竹椅。壁上底白灰掉得七零八落了；日光從瓦縫間射下來。祖鳳坐在她底脚下，側耳聽着她說：『亞鳳啊，我這次跟你到這個地方，要想回家也辦不到的。現在與你立約，若能依我，我就跟着你；若是不能，你就把我殺掉。』祖鳳說：『只要你常在我身邊，我就沒有不依從你底事。』和鸞說：『我從前盼望你往上長進，得着一官半職，替國家爭氣；就是老爺在你身上也有這樣的盼望。我告訴你，你須要等你出頭以後，纔許入我房裏；不然，就別妄想。』祖鳳底良心現在受責罰了。和鸞底話，他一點也不敢反抗，只問她說：『要到什麼地步纔算呢？』和鸞說：『不須多大，只要能帶兵就够了。』

祖鳳連連點頭說：『這容易。這容易。我只須換個名字再投軍去就有盼望。』

亞鳳在那裏等機會入伍；但等來等去，總等不着；只得先把從前所學底手藝編做些竹器到墟裏發賣。他每日所得底錢差可以够二人的用。有一天，他在墟裏瞧見廟前貼着一張很大的告示。他進前一瞧，別的字都不認得，只認得『黃得勝……祖鳳……逃……捉拿……花紅四百元……』他看了，知道是通緝底告示，嚇得緊跑回去。一踏進門，和鸞手裏拿着一塊四寸見方的紅布，上面印着一個不像八卦，不像兩儀底符號在那瞧着。一見祖鳳回來，就問他說：『這是什麼東西？』祖鳳說：『你既然搜了出來，我就不能不告訴你。這就是我底腰平。小姐，你要知道我和黃總爺都是洪門底豪傑；我們二人都有這個；這就是入門底憑據。我坐監底時候，黃總爺也是因爲同會底緣故纔把我保釋出來底。』和鸞說：『那麼亞權也是你們底同黨了。』『是的。……呀！小姐，事情不好了。老爺底告示已經貼在墟裏要捉拿我和黃總爺哪。這裏還是陽江該管底地方，咱們必不能再住在此；不如往東走，到那扶去避一下。那裏是新寧（台山）地界，也許稍微安穩一點。』

他一面說，一面催和鸞速速地把東西檢點好，在那晚上就搬到那扶墟去了。

他們搬到那扶附近一個荒村；閑在四面底，不是山，就是樹林。二人在那裏藏身倒還安靜。亞鳳改名叫做李猛，每日仍是做些竹器賣錢。他很奉承和鸞，知她嗜好音樂，就做了一管短簫常在她面前吹着。和鸞承受他底崇敬，也就心滿意足，不十分想家啦。

時光易過，他們在那裏住着，已經過了兩個冬節。那天晚上，祖鳳從墟裏回來，膈膀下夾着一架琵琶，喜喜歡歡地跳躍進來，對和鸞說：『小姐，我將今天所賺底錢爲你買了這個。快彈一彈，瞧他底聲音如何。』和鸞說：『呀！我現在那裏有心玩弄這個？許久不彈，手法也生了。你先擱着罷，改天我喜歡彈底時候，再彈給你聽。』他把琵琶擱下，說：『也罷。我且告訴你一樁可喜的事情：亞權今天到墟裏找我，說他要到省城喫糧去。他說現在有一位什麼司令要招民軍去打北京，有好些兄弟們勸他同行。他也邀我一塊兒去。我想我底機會到了。我這次出門，都是爲你底緣故；不然，我寧願在這裏做小營生，光景雖苦，倒能時常親近你。他們明後天就要動身。』和鸞聽說打北京，就驚異說：『也許是你聽差了罷。北京是皇都，誰敢去打？況且官制裏頭也沒有什麼叫做司令底。或者你把東京聽做北京罷。』祖鳳說：『不差，不差，我所聽底一定不錯。他明明說是革命黨起事，要招兵打滿洲底。』和鸞說：『呀，原來是革命黨造反！前幾年老爺纔殺了好幾個哪。我勸你別去罷。去了定會把自己底命革掉。』他迫着要履和鸞底約，以爲這次是好機會，決不可輕易失掉。不論和鸞應許與否，他心裏早有成見。他說：『小姐，你說底雖然有理，但是革命黨一起事，或者國家也要招兵來對付，不如讓我先上省去瞧瞧，再行定規一下。你以爲怎樣呢？我想若是不走這一條路，就永無出頭之日啦。』和鸞說：『那麼，你就去瞧瞧罷。事情如何，總得先回來告訴我。』當下和鸞爲他預備些路上應用底東西，第二天就和亞權一同上省城去了。

亞鳳一去已有三個月底工夫。和鸞在小屋裏獨自一人頗覺寂寞。他很信亞鳳那副好身手，將來必有出人頭地底日子。現時在窮困之中，他能盡力去工作，同在一個屋子住着，對於自己也不敢無禮。反想啓禎鎮日裏只會蹴毽、弄鳥、賭牌、喝酒以及等等虛華的事，實在叫她越發看重亞鳳。一想起他底服從，崇敬和求功名底願望，就減少了好些思家底苦痛。她每日望着亞鳳回來報信，望來望去只是沒有消息。悶極底時候，就彈着琵琶來破她底憂愁和寂寞。因爲她愛粵謳，所以把從前所學底詞曲忘了一大半。她所彈底差不多都是粵調。

無邊的黑暗把一切東西埋在裏面。和鸞所住房子只有一點豆粒大的燈光。她從屋裏踱出來，瞧瞧四圍山林和天空底分別，只在黑色底濃淡。那是搖光從東北漸移到正東，把全座星斗正橫在天頂。她信口唱幾句歌詞，回頭把門關好，端坐在一張竹椅上頭，好像有所思想底樣子。不一會，她走到桌邊，把一枝禿筆拿起來，寫着：

諸天盡黝暗，

曷有衆星朗？

林中勞意人，
　獨坐聽山響。
山響復何爲？
　欲驚獅子夢。
磨牙嗜虎狼，
　永袚腹心痛。

她寫完這兩首，正要往下再寫，門外急聲叫着：『小姐，我回來了。快來替我開門。她認得是亞鳳底聲音，喜歡到了不得，把筆擱下，速速地跑去替他開門。一見亞鳳，就問：『爲什麼那麼晚纔回來？哎呀，你底辮子那裏去了！』亞鳳說：『現在都是時興這個樣子。我是從北街來底，所以到得晚一點。我一去，倒就被編入伍，因此不能立刻回來。我所投底是民軍。起先他們說要北伐，後來也沒有打仗就贏了。聽說北京底皇帝也投降了，現在的皇帝就是大總統，省城底制臺和將軍也沒了，只有一個都督是最大的，他底下屬全是武官。這時候要發達是很容易的。小姐，你別再愁我不長進啦。』和鸞說：『這豈不是換了朝代嗎？』『可不是。』『那麼，你老爺底下落你知道不？』祖鳳說：『我沒有打聽這個，我想還是做他底官罷。』和鸞哭着說：『不一定的。若是換了朝代，我就永無見我父母之日了。縱使他們不遇害，也沒有留在這裏底道理。』亞鳳瞧她哭了，忙安慰說：『請不要過於傷心。明天我回到省城再替你打聽打聽。現在還不知道是什麼情形呢，何必哭？』他好容易把和鸞勸過來。又談些別後底話，就各自將息去了。

早晨的日光照着一對久別的人。被朝霧壓住底樹林裏斷斷續續發出幾隻蝴蟪底聲音。和鸞一聽這種聲音，就要引起她無窮的感慨。她只對祖鳳說：『又是一年了。』她底心事早被祖鳳看出，就說：『小姐，你又想家了。我見這樣，就捨不得讓你自己住着，沒人服侍。我實在苦了你。』和鸞說：『我並不是爲沒人服侍而愁，瞧你去那麼久，我還是自自然然地過日子，就可以知道。只要你能得着一個小差事，我就不愁了。』祖鳳說：『我實在不敢辜負小姐底好意。這次回來無非是要瞧瞧你。我只告一禮拜的假，今天又得回去。論理我是不該走得那麼快，無奈……』和鸞說：『這倒是不妨。你瞧什麼時候應當回去就回去，又何必發愁呢？』祖鳳說：『那麼，我待一會，就要走啦。』他擡頭瞧見那枝琵琶掛在牆上，說笑着對和鸞說：『小姐，我許久不聽你彈琵琶了。現在請你隨便彈一枝給我聽，好不好？』和鸞也很喜歡地說：『好。我就彈一枝粵謳當做給你送行底歌兒罷。』

她抱着樂器，定神想了一會，就唱道：

『暫時嘅離別，犯不着短歎長噓。
　君若嗟歎就唔配稱做鬚眉。
勸君莫因窮困就添愁緒，
　因爲好多古人都係出自寒微。
你睇樊噲當年曾與屠夫爲伴侶；
　和尙爲君重有個位老朱。
自古話事唔怕難爲，只怕人有志，
　重任在身，切莫辜負你個堂堂七尺軀。

今日送君說不盡千萬語。
只願你時常寄我好音書。
唉！我記住遠地煙樹，就係君去處。
勸君就動身罷，唔使再躊躇。

五　山大王

在那似煙非煙，似樹非樹底地平線上，彷彿有一個人影在那裏走動。和鸞正在竹林裏望着，因爲亞鳳好幾個月沒有消息了，她瞧着那人越來越近，心裏以爲是給她送信來底。她迎上去，卻是亞鳳。她問：『怎麼又回來呢？』祖鳳說：『民軍解散了。』他說底時候，臉上顯出很不快的樣子，接着說：『小姐。我實在辜負了你底盼望。但這次銷差底不止我一人，連亞權一班的朋友都回來了。』和鸞見他發愁，就安慰他說：『不要着急，大器本來是晚成底。你且休息一下，過些日再設法罷。』她伸手要替亞鳳除下背上底包袱，卻被亞鳳止住。二人攜手到小屋裏，和鸞還對他說了好些安慰底話。

時光一天一天地過去，亞鳳在家裏很覺厭膩，可巧他底機會又到了。亞權到他那裏把他叫出來，同在竹林底下坐着。亞權問：『你還記得金成麼？』祖鳳說：『爲什麼記不得他現在怎樣啦？』亞權說：『革命底時候他從監裏逃出來，一向就在四邑一帶打刼。現時他在百峯山附近底山寨住着；要多招幾個人入夥，所以我特地來召你同行。』祖鳳沈思了一會，就說：『我不能去。因爲這事一說起來，我底小姐必定不樂意。這殺頭底事誰還敢去幹呢？』亞權說：『咦，你這人眞笨！若是會死，連我也不敢去，還敢來招你嗎？現在的官兵未必能比咱們強，他們一打不過就會設法招安；那時我們可又不是好人、軍官麼？你不曾說過你底小姐要等你做到軍官底時候纔許你成婚嗎？現在有那麼好機會不投，還等什麼時候呢？從前要做武官是考武秀、武舉，現在只要先上梁山做大王，一招安至小也有排長、連長。你瞧亞成有好幾個朋友從前都是山寨裏底八拜兄弟，現在都做了什麼司令、什麼鎮守使了。聽說還有想做督軍底哪……』祖鳳插嘴說：『督軍是什麼？』亞權答道：『哎，你還不知道嗎？督軍就是總督和將軍合成一個底意思；是全國最大的官。我想做官底道路，再沒有比這條簡捷底了。當兵和做強盜本來沒有什麼分別：不過他們底招牌正一點，敢青天白日地搶人我們只在暗裏糊搗就是了。你就同我去罷，一定沒有傷害的。』祖鳳說：『你說底雖然有理，但這些話決不能對小姐說起底。我還是等着別的機會罷。』亞權說：『呀，你眞獃！對付女人是一樁極容易的事情，你何必用眞實的話對她說呢？往時你有聰明騙她出來，現在就不再哄她一次嗎？我想你可以對她說現在各處底人民都起了勤王底兵，你也要投軍去。她聽了一定很喜歡，那就沒有不放你去底道理。』祖鳳給他勸得活動起來，就說：『對呀！這法子稍微可以用得。我就相機行事罷。』亞權說：『那麼，我先回去候你底信。』他說完，走幾步，又回頭說：『你可不要對她提起亞成底名字。』

祖鳳進去和和鸞商量妥當，第二天和亞權一同搬到亞成那裏。他們走了兩三天纔到山麓。亞鳳扶着和鸞一步一步地上去，歇了好幾次纔到山頂，那山上有幾間破寨，亞成就讓他們二人同在一間小寨住着。他們常常下山，有時幾十天也不回來一次。和鸞在那裏越覺寂寞；因爲從前還有幾個鄰村底婦人來談談，現在山上只有她和幾個守寨底老賊。她每日有這幾個人服侍，外面雖覺好些，但精神的苦痛是比從前利害得多。她正在那裏悶着，老賊亞照跑進來說：『小姐，他們回來了。現在都在亞權案裏哪。亞鳳叫我來問小姐要穿底還是要戴底，請告訴他，他可以給小姐拿來。』他底口音不大清楚，所以和鸞聽不出什麼意思來。和鸞說：『你去叫他來罷。我不明白你所說底是什麼意思。』亞照只得就去叫亞鳳來。和鸞說：『亞照來說了大半天，我總聽不出什麼意思，到底問我要什麼？』亞鳳從口袋裏掏出幾隻戒指和幾串珠子，笑着說：『我問你是要這個，或是要衣服。』和鸞詫異到了不得；注目在亞鳳臉上說：『呀呀！這是從那裏得來底？你莫不是去打劫麼？』亞鳳從容地說：『那裏是打劫。不過咱們底兵現在沒有正餉，暫時向民間借用。可幸鄉下底紳士們都很仗義，他們捐底錢不夠，連家裏底金珠寶貝都拿出來。這是發餉時剩下底。還有好些綢緞哪。你若要時，我叫人拿來給你挑選幾件。』和鸞說：『這些東西，現時在我身上都沒有什麼用處。你下次出差去底時候，記得給我帶些書籍來，我可以藉此解解心悶。』亞鳳笑說：『哈哈，誰願意帶那些笨重的東西上山呢？現在的上等女人都不興念書了。我在省城，瞧見許多太太夫人們都是這樣。她們只要粉擦得白，頭梳得光，衣服穿得漂亮就夠了。不就女人，連男子也是如此。前幾年，我們底營紮在省城一間什麼南強公學，裏頭底書籍很多，聽說都是康聖人底。我們兄弟們嫌那些東西多占地位，一擔只賣一塊錢，不到三天，都讓那班小販買去包東西了。況且我們走路要越輕省越好；若是帶書籍，不上三五本就很麻煩啦。好罷，你若是一定要時，我下次就給你帶幾本來。』說話時，亞權又來把他叫去。

亞鳳跑到亞成寨裏，瞧見三四個嘍囉坐在那裏，早猜着好事又來了。亞成起來對亞鳳說道：『方才欽哥和琉哥來報了兩宗肥事：第一，是梁老太爺過幾天要出門，我們可以把他拿回來。他兒子現時在京做大官，必定要拿好些錢財來贖回去，第二件是寧陽鐵路這幾個月常有金山丁（美洲及澳洲華僑）往來。我想找一個好日子，把他們全網打來。我且問你辦那一樣最好？劫火車雖說富足一點，但是要用許多手脚。若是劫梁老太爺，只須五六個人就夠了。』亞鳳沈吟半晌說：『我想劫火車好一點。若要多用人，我們可以招聚些。』亞成說：『那麼，你就先到各山寨去招人罷。約好了，我們再出發。』

六　他底生活

那日下午，火車從北街開行。搭客約有二百餘人，亞成、亞鳳，和好些嘍囉都扮做搭客，分據在二三等車裏。亞鳳拿出時計來一看，低聲對坐在身邊底同伴說：『三點半了，快預備着。』他說完把窗門托下來往外直望。那時火車快到汾水江地界，正在蒲葵園或芭蕉園中穿行。從窗一望都是綠色的葉子，連人影也不見。走底時候，車忽然停住。亞鳳、亞成和其餘的都拿出手鎗來，指着搭客說：『是伶俐人就不要下車。個個人都得坐定，不許站起來。』他們說底時候，好些賊從蒲葵園裏鑽出來，各人都有凶器在手裏。那班賊上了車，就對亞成說：『先把頭二等車封鎖起來，我們再來驗這班孤寒鬼。』他們分頭擋住頭二等底車門，把那班三等客逐個驗過。教每人都伸手出來給他們瞧，若是手長得幼嫩一點底就把他留住。其餘粗手、赤脚、肩上有瘢和皮膚粗黑底人，都讓他們下車。他們對那班人說：『饒了你們這些窮鬼罷。把東西留下，快走。不然，要你們底命。』亞鳳把客人所看底書報，小說胡亂拾了幾本藏在自己懷中，然後押着那班被擄底下車。

他們把留住底客人，一個夾一個下來。其中有男的、有女的、有金山丁、官僚、學生、工人和管車底，一共有九十六人。那裏離河不遠，嘍囉們早已預備了小汽船在河邊等候。他們將這九十六人趕入船裏，一個挨一個坐着。且用鎗指着不許客人聲張。船走了約有二點鐘底光景，纔停了輪，那時天已黑了。他們上岸穿過幾叢樹林，到了一所荒寨。亞成吩咐衆嘍囉說：『你們先去弄東西喫。今晚就讓這些貨在這裏。挑兩三個女人送到我那裏去，再問鳳哥、權哥們要不要，若是有剩就隨你們底便。』嘍囉們都遵着命令各人辦各人底事去了。

第二天早晨，衆賊都圍在亞成身邊，聽候調遣。亞成對亞權說：『女人都讓你去辦罷。有錢底叫她家裏來贖；其餘的，或是放回或是送到澳門去，都隨你底便。』他又把那些男子底姓名住址問明白，派嘍囉各處去打聽，預備向他們家裏拿相當的金錢來贖回去。嘍囉們帶了幾個外省人來到他跟前。他一問了，知道是做官當委員底，就大罵說：『你們這些該死底人，只會鏟地皮和與我們作對頭。今天到我手裏，別再想活着。人來，把他們綑在樹上，鎗斃。』衆嘍囉七手八脚，不一會都把他們打死了。

三五天後，被派出去底嘍囉都回來報各人家裏底景況。亞成叫各人寫信回家取錢。叫亞鳳檢閱他們底書信。亞鳳在信裏瞧見一句『被綠林之豪擄去……七月三十日以前……』和『六年七月十九』就叫那寫信底人來說：『你這信，到底包藏些什麼暗號？你要請官兵來拿我們嗎？』他指着「綠林，」「擄」「六年七月」等字問說：『這些是什麼字？若說不出來，就要你底狗命。現在明明是六月，爲何寫六年七月？』亞鳳不認得那些字，思疑裏面有別的意思。所以對着那人說：『凡我不認得底字都不許寫，你就改作「被山大王捉去」和「丁巳六月」罷。以後再這樣，可就不饒你了。曉得麼？』檢閱時，亞權帶了兩個人來。說：『這兩個人實在是窮，放了他們罷。』亞鳳說：『亞成說放就放。我不管。』他就跑到亞成那裏說：『放了他們罷。』亞成說：『不。咱們決不能白放人。他們雖然窮，命還是有用的。咱們就要他們底命來警戒那些有錢而不肯拿出來底人。你且把他們綑在那邊，再叫那班人出來瞧。』亞成瞧那些俘擄出來，就對他們說：『你們都瞧那兩個人，就是有錢不肯化底。你們若不趕快叫家裏拿錢來。我必要一天把你們當中底人鎗斃兩個。像他們現在一樣。』衆人見他們二人死了，都嚇得抖擻起來。亞鳳說：『你們若是精乖，就得速速拿錢來，省得死在這裏。

他們在那寨裏正擺佈得有條有理，一個嘍囉來回報說：『官軍已到北街了。』亞成說：『那麼，我們就把這些人分開罷。我和亞鳳、亞權同在一處，將二十人給我們帶去。剩下的叫亞球和亞勝分頭帶走。』亞鳳把四個司機人帶來說：『這四個是工人。家裏也沒有什麼錢，不如放了他們罷。』亞成說：『鳳哥，你底打算差了。咱們時常要在鐵路上往來，若是放他們回去，將來的禍根不小。我想還是請他們去見閻王好一點。』

他們把那幾個司機人殺掉以後，各頭目帶着自己底俘擄分頭逃走。亞成亞鳳和亞權帶着二十人，因爲天氣尚早，先叫他們伏在蒲葵園底葉下，到晚上才把他們帶出來。他走了一夜才到山寨。上山後，亞鳳拿幾本書趕緊跑到自己底寨裏，對和鸞說：『我給你帶書來了。我們擄了好些達抗王師底人回來，現在滿山寨都是人哪。』和鸞接過書來瞧一瞧，說：『這有什麼用？』他悻悻地說：『你瞧！正經給你帶來，你又說沒用處。我早說了，倒不如多擄幾個人回來更好哪。』和鸞問：『怎麼說？』『我們擄人回來，可以得着他們家裏底取贖錢。』和鸞又問：『怎樣叫他們來贖，若是不肯來，又怎辦？』亞鳳說：『若是要贖回去底話，他們家裏底人可以到澳門我們底店裏拿二三斤鴉片或是幾箱好煙葉做開門禮，我們才和他講價。若不然，就把他們治死。』和鸞說：『這可不是近於強盜底行爲麼？』他心裏暗笑口裏只答應說：『這是不得已的。』他恐怕被和鸞問住，就托故到亞成寨裏去了。

過不多的日子，那班俘擄已經被人贖回一大半。那晚該亞鳳底班送人下山。他用手巾把那幾個俘擄底眼睛縛住，才叫嘍囉們扶他們下山，自己在後頭跟着。他去後不到三點鐘底工夫，忽然山後一陣鎗聲越響越近。亞成和剩下的嘍囉各人攜着槍械下山迎敵。鎗聲一呼一應，沒有片刻停止。和鸞嚇得不敢睡，眼瞧着天亮了，那鎗聲還是不息。她瞧見山下一枝人馬向山頂奔來；一枝旗飄蕩着，却認不得是那一國底旗幟。她害怕得很，要跑到山洞裏躲藏。一出門，已有兩個兵追着她。她被迫到一個斷崖上頭，聽見一個兵說：『嚇，這裏還有那麼好的貨，咱們上前把她摟過來受用。』那兵方要進前，和鸞大聲喝道：『你們這些作亂底人休得無禮。』二人不理會她，還是要進步。一個兵說：『呀，你會飛！』他們摀不着和鸞，正在互相埋怨。一個軍官來到，喝着說：『你們在這裏幹什麼?還不跟我到處搜去。』

從這軍官底服裝看來,就知道他是一位少校。他底行動十分敏捷,像很能幹似的。他搜到和鸞所住底寨裏,無意中搜出她底衣服。又把壁上底琵琶拿下來,他見上面貼着一張紅紙條,寫着:『表寸心』底下還寫了她自己底名字。軍官就很是詫異,說:『哼,原來你在這裏!』他回頭對衆兵丁說:『拿住多少賊啦?』都說:『沒有。』『女人呢?』『也沒有。』他把衣物交給兵丁,叫他們先下山去,自己還在那裏找尋着。

唉!他底尋找是白費的。他回到營裏,天色已是不早,就叫衛兵拿了一盞油燈來,把所得底東西翻來覆去地瞧着。他嘆息幾聲,把東西擱下,起來在屋裏踱來踱去。半晌的工夫,他就拿起筆來寫一封信。

『賢妻如面:此次下鄉圍捕,於賊寨中搜出令姊衣物多件,然余徧索山中,了無所得,寸心爲之悵然。憶昔年之事,余猶以虐謔爲咎,今而後知其爲賊所擄也。玆命衛卒將衣物數事,先呈妝次,俟余回時,再爲卿詳道之。

夫禎白

他把信封好，叫一個兵來將信件拿去。自己眼瞪瞪坐在那裏，把手向腿上一拍。門外底崗兵順着響處一望，彷彿聽着他底長官說：『啊，我現在才明白你底意思。只是你害殺<u>𡞵而</u>了。』

粵語附註

「唔」等於「不，」讀如英文m。

「我地」等於「我們。」

「人地話」就是「人家說。」

「睇」北方說「瞧」音太·ㄞ。

「噉」等於「如此，」「這樣。」音ㄍㄚˊ。

「嘅」等於「的，」「底。」音ㄍㄝ。

黃昏後

承歡承懽兩姊妹在山上採了一簍羊齒類的乾草，是要用來編造果筐和花籃底。她們從那條崎嶇的山徑一步一步地走下來，剛到山腰，已是喘得很厲害；二人就把簍子放下，歇息一會。

承歡底年紀大一點，所以她底精神不如妹妹那麼活潑，只坐在一根橫露在地面底榕樹根上頭；一手拿着手巾不歇地望臉上和頸項上揩拭。她底妹妹坐不一會，已經跑入樹林裏低着頭，慢慢找她心識中底寶貝去了。

喝醉了底太陽在臨睡時，雖不能發出他固有的本領，然而還有餘威把他底妙光長箭射到承歡這裏。滿山底巖石、樹林、泉水受着這妙光底賞賜，越覺得秋意闌珊了。汐漲底聲音，一陣一陣地從海岸送來；遠地的歸鳥和落葉混着在樹林裏亂舞。承歡當着這個光景，她底眉、目、脣、舌也不覺跟着那些動的東西在她那被日光薰黑了底面龐飛舞着。她高興起來，心中底意思已經禁止不住，就順口念着：『……碧海無風濤自語，丹林映日葉思飛！……』還沒有念完，她底妹妹就來到跟前，衣裾裏兜着一堆底葉子，說：『姊姊，你自己坐在這裏，和誰說話來？你也不去幫我檢檢葉子，那邊還有許多好看的哪。』她說着，順手把所得底枯葉一片一片地拿出來，說：『這個是蚶殼，……這是海星，……這是沒脊鰭底翻車魚。……這捲得更好看，是爸爸吸底淡芭菰。……這是…………』她還要將那些受她想像變化過底葉子，一一給姊姊說明；可是這樣的講解，除她自己以外，是沒人願意用工夫去領教底。承歡不耐煩地說：『你且把他們擱在簍裏罷，到家才聽你底，現在我不願意聽咧。』承懽斜着眼瞧了姊姊一下，一面把葉子裝在簍裏，說：『姊姊不曉得又想什麼了。在這裏坐着，願意自己喃喃地說話，就不願意聽我所說底！』承歡說：『我何嘗說什麼，不過念着爸爸那首秋山晚步罷了。』她站起來，說：『時候不早了，咱們走罷。你可以先下山去，讓我自己提這簍子。』承懽說：『我不，我要陪着你走。』

二人順着山徑下來。從秋的夕陽渲染出來等等的美麗已經佈滿前路：霞色、水光、潮音、谷響、草香、等等，更不消說；卽如承歡那副不白的臉龐也要因着這個就增了幾分本來的姿色。承歡雖是走着，脚步却不肯放開，生怕把這樣晚景錯過了似的。她無意中說了一聲：『呀！妹妹，秋景雖然好，可惜太近殘年咧。』承懽底年紀只十歲，自然不能懂得這位十五歲的姊姊所說底是什麽意思。她就接着說：『挨近殘年，有什麽可惜不可惜的？越近殘年越好，因爲殘年一過，爸爸就要給我好些東西玩，我也要穿新做的衣服——我還盼望他快點過去哪。』

她們底家就在山下，門前朝着南海；從那裏，有時可以望見遠地裏一兩艘法國巡艦在廣州灣駛來駛去。姊妹們也說不清她們所住的到底是中國地，或是法國領土；不過時常理會那些法國水兵愛來村裏胡鬧罷了。剛進門，承懽便叫一聲：『爸爸，我們回來了！』平常她們一回來，父親必要出來接她們；這一次不見他出來，承歡以爲她父親底注意是貫注在書本或雕刻上頭，所以教妹妹不要聲張，只好靜靜地走進來。承歡把篓子放下，就和妹妹到父親屋裏。

她們底父親關懷所住底是南邊那間屋子，靠壁三五架書籍，又陳設了許多大理石造像——有些是買來底，有些是自己創作底。從這技術室進去就是臥房，二人進去，見父親不在那裏。承歡向壁上一望，就對妹妹說：『爸爸又拿着「基達爾」出去了。你到媽媽墳上，瞧他在那裏不在。我且到廚房弄飯，等着你們。』

她們母親底墳墓就在屋後自己底荔枝園中；承懽穿過幾棵荔枝樹，就聽見一陣基達爾底樂音，和着她父親底歌嚨。她知道父親在那裏，不敢驚動他底彈唱，就躡着脚步上前。那裏有一座大理石的墳頭，形式雖和平常一樣，然而西洋的風度却是很濃的。瞧那建造和雕刻底工夫就知道平常的工匠決做不出來；一定是關懷親手所造底。那墓碑上不記年月，只刻着「良人關山恆媚，」下面一行小字是「夫關懷手泐。」承懽到時，關懷只管彈唱着，像不理會他女兒站在身傍似的。直等到西方底迴光消滅了，他才立起來，一手挾着樂器，一手牽着女兒，從園裏慢慢地走出來。

一到門口，承懽就嚷着：『爸爸回來了！』她姊妹走出來，把父親手裏底樂器接住，且說：『飯快好啦，你們先到廳裏等一會，我就端出來。』關懷牽着承懽到廳裏，把頭上底義辮脫下，掛在一個衣架上頭，回頭他就坐在一張睡椅上和承懽談話。他底外貌像一位五十歲左右底日本人，因爲他底頭髮很短，兩撇髭子也是含着外洋的神氣。停一會，承歡端飯出來，關懷說：『今晚上咱們都回得晚。方才你妹妹說你在山上念什麼詩；我也是在書架上偶然檢出十幾年前你媽媽寫給我底自君之出矣，我曾把這十二首詩入了樂譜，你媽媽在世時很喜歡聽這個；到現在已經十一二年不彈這調了。今天偶然被我翻出來所以拿着樂器走到她墳上再唱給她聽；唱得高興，不覺反復了幾遍，連時間也忘記了。』承歡說：『往時爸爸到墓上奏樂從沒有今天這麼久；這詩我也不曾聽過，……』承懽插嘴說：『我也不曾聽過。』承歡接着說：『也許我在當時年紀太小不懂得。今晚上底飯後談話，爸爸就唱一唱這詩，且給我們說說其中底意思罷。』關懷說：『自你四歲以後，我就不彈這調了，你自然是不曾聽過底。』他撫着承懽底頭笑說：『你方才不是聽過了嗎？』承懽搖頭說：『那不算，那不算。』他說：『你媽媽這十二首詩沒有什麼可說底，不如給你們說咱們在這裏住着底緣故罷。』

吃完飯，關懷仍然倚在睡椅上頭，手裏拿着一枝雪茄，且吸且說。這老人家在燈光之下說得眉飛目舞，教姊妹們底眼光都貫注在他臉，好像藏在葉下底貓兒凝神守着那翩飛的蛱蝶一般。關懷說：『我常願意給你們說這事，恐怕你們不懂得，所以每要說時，便停止了。咱們住在這裏，不但鄰舍覺得奇怪，連阿歡，你底心裏也是很詫異的。現在你底年紀大了，也懂得一點世故了，我就把一切的事告訴你們罷。

『我從法國回到香港，不久就和你媽媽結婚。那時剛要和東洋打仗，鄧大人聘了兩個法國人做顧問，請我到兵船裏做通譯。我想着我到外洋是學雕刻底，通譯，那裏是我做得來底事，當時就推辭他。無奈鄧大人一定要我去，我礙於情面也就允許了。你媽媽雖不願意，因爲我已應許人家，所以不加攔阻。她把腦後底頭髮截下來，爲我做成那條假辮。』他說到這裏，就用雪茄指着衣架，接着說：『那辮子好像叫賣底幌子，要當差事非得帶着他不可。那東西被我用了那麼些年，已修理過好幾次，也許現在所有的頭髮沒有一根是你媽媽底哪。

『到上海底時候，那兩個法國人見勢不佳，沒有就他底聘，他還勸我不用回家，日後要用我做別的事，所以我就暫住在上海。我在那裏，時常聽見不好的消息，直到鄧大人在威海衛陣亡時，我才回來。那十二首詩就是我入門時，你媽媽送給我底。』

承歡說：『詩裏說底都是什麼意思？』關懷說：『互相贈與底詩，無論如何，第三個人是不能理會，連自己也不能解釋給人聽底。那詩還擱在書架上，你要看時，明天可以拿去念一念。我且給你說此後我和你媽媽底事。

『自那次打敗仗，我自己覺得很羞恥，就立意要隔絕一切的親友，跑到一個孤島裏居住，爲底是要避掉等等不體面的消息，教我底耳朵少一點激刺。你媽媽只勸我回硇州去，但我很不願意回那裏去；以後我們就定意要搬到這裏來。這裏離硇州雖是不遠，鄉裏底人却沒有和我往來，我想他們必是不知道我住在這裏。

『我們買了這所房子，連後邊的荔枝園。二人就在這裏過很歡樂的日子。在這裏住不久，你就出世了。我們給你起個名字叫承歡。……』承懽緊接着問：『我呢？』關懷說：『還沒有說到你咧。你且聽着，待一會才給你說。』

他接着說：『我很不願意雇人在家裏做工，或是請別人種地給我收利。但耨田插秧底事都不是我和你媽媽做得來底；所以我們只好買些果樹園來做生產底源頭。西邊那叢椰子林也是在你一週歲時買來做紀念底。那時你媽媽每日的功課就是乳育你；我在技術室做些經常的生活以外，有工夫還出去巡視園裏底果樹。好幾年的工夫，我們都是這樣地過，實在快樂啊！『唉，好事是無常的！我們在這裏住不上五年，這一片地方又被法國佔據了！當時我又想搬到別處去，為底是要迴避這種羞恥，誰知這事不能由我做主，好像我底命運就是這樣，要永遠住在這蒙羞的土地似的。』關懷說到這裏，聲音漸漸低微，那憂憤的情緒直把眼瞼根下一半；同時他底視線從女兒底臉上移開，也被地心引力吸住了。

承懽不明白父親底心思，儘說：『這地方很好，為什麼又要搬呢？』承歡說：『啊，我記得爸爸給我說過，媽媽是在那一年去世底。』關懷說：『可不是？從前搬來這裏底時候，你媽媽正懷着你；因為風波底顛播，所以臨產時很不順利。這次可巧又有了阿懽，我不願意像從前那麼唐突，要等她產後才搬。可是她自從得了租借條約簽押底消息以後，已經病得支持不住了。』那聲音底顫動，早已把承歡底眼淚震盪出來。然而這老人家却沒有顯出什麼激烈的情緒，只皺一皺他底眉頭而已。

他往下說：『她產後不上十二個時辰就……』承懽急急地問：『是養我不是？』他說：『是。

因爲你出世不久你媽媽便撇掉你所以給你起個名字做阿㦤㦤就是憂而無告底意思。』

這時，三個人緘嘿了一會門前底海潮音後園底蟋蟀聲都順着微風從窗戶間送進來桌上那盞油燈本來被燈花堵得火焰如豆一般大這次因着微風更是閃爍不定幾乎要熄滅了。關懷說：『阿歡你去把窗戶關上再將油燈整理一下……小妹妹也該睡了回頭就同她到臥房去罷。』

不論什麼人都喜歡打聽父母怎樣生育他好像念歷史底人愛讀開天闢地底神話一樣承㦤聽到這個去處精神正在活潑那裏肯去安息。她從小凳子站起來順勢跑到父親面前且坐在他底膝上盡力地搖頭說『爸爸還沒有說完哪我不困快往下說罷。』承歡一面關窗一面說：『我也願意再聽下去爸爸就接着說罷今晚上遲一點睡也無妨，』她把燈心弄好仍回原位坐下注神瞧着她底父親。

油燈經過一番收拾越顯得十分明亮關懷底眼睛忽然移到屋角一座石像上頭他指着對女兒說：『那就是你媽媽去世前兩三點鐘底樣子。』承㦤說：『姊姊也曾給我說過那是媽媽但我準知道爸爸屋裏那個才是。我不信媽媽底臉難看到這個樣子。』他撫着承㦤底顱頂說：『那也是好看的。你不懂得，所以說她不好看。』他越說越遠，幾乎把方才所說底忘掉；幸虧承歡再用話語提醒他，那老人家才接續地說下去。

他說：『我底搬家計畫，被你媽媽這一死就打消了。她底身體已藏在這可羞的土地，而且你和阿懽年紀又小，服事你們兩個小姊妹還忙不過來，何況搬東挪西地往外去呢？因此，我就定意要終身住在這裏，不想再搬了。

『我是不願意雇人在家裏爲我工作底。就是乳母，我也不願意雇一個來乳育阿懽。我不信男子就不會養育嬰孩，所以每日要親自嘗試些乳育底工夫。』承懽問：『爸爸，當時你有奶子給我喝嗎？』關懷說：『我只用牛乳餧你。然而男子有時也可以生出乳汁底。……阿歡，我從前不曾對你說過孟景休底事麼？』承歡說：『是，他是一個孝子，因爲母親死掉，留下一個幼弟；他要自己做乳育底工夫，果然有乳漿從他底乳房溢出來。』關懷笑說：『我當時若不是一個書獃子，就是這事一定要孝子才辦得到，貞夫是不許做底。我每每抱着阿懽，讓她啜我底乳房，看看能够溢出乳漿不能；但試來試去，都不成功。養育底工夫雖然是苦，我却以爲這是父母二人應當共同去做底事情，不該讓爲母底獨自擔任這番勞苦。

承歡說：『可是這事要女人去做才合宜。』

『是的，自從你媽媽沒了以後，別樣事體倒不甚棘手，對於你所穿底衣服總覺得骯髒和破裂得非常的快。我自己也不會做針黹，整天要爲你求別人縫補，這幾乎又要把我所不求人底理想推翻了！當時有些鄰人勸我爲你們續娶一個……』

承歡說：『我們有一位後娘倒好。』

那老人家瞪着眼，口裏盡力地吸着雪茄，少停，他底聲音就和青煙一齊冒出來。他鄭重地說：『什麼？一個人能像禽獸一樣，只有生前的恩愛，沒有死後的情愫嗎？』

從他口裏吐出來底青煙早已觸得承懽嗽嗽地咳嗽起來。她斷續地說：『爸爸底口直像王家那個破竈，悶得人家底眼睛和喉嚨都不爽快。』

關懷拍着她底背說：『你眞會用比方！……這是從外洋帶回來底習慣，不吸他也罷，你就拿去擱在煙盂裏罷。』

承懽拿着那枝雪茄，忽像想起什麼事似的。她走到屋裏把所檢底樹葉拿出來對父親說：『爸爸吸這一枝罷，這比方才那枝好得多。』她父親笑着把葉子接過去，仍教承懽坐在膝上，眼睛望着承歡說：『阿歡你以再婚爲是麽？』他底女兒自然不能回答也不敢回答這重要的問題。她只嘿嘿地望着父親兩隻靈活的眼睛，好像要聽那兩點微光底回答一樣。那回答底聲音果如從父親底眼光中發出來——他凝神瞧着承歡說：『我想你也不以爲然。一個女人再醮，若是人家要輕看她；一個男子續娶，難道就不應當受輕視嗎？所以當時凡有勸我續絃底，都被我拒絕了。我想你們沒有母親雖是可哀，然而有一個後娘更是不幸的。』

門前底海潮音，後園底蟋蟀聲，加上檐牙底鐵馬，和樹上底夜啼烏，這幾種聲音直像強盜一樣，要從門縫窗隙間闖進來搗亂他們底夜談。那兩個女孩子雖不理會，關懷底心却被他們搶掠去了。他底眼睛注視着窗外那似樹如山的黑影；耳中聽着那種錚錚鐺鐺、嘶嘶嘌嘌、汩汩潺潺的雜響；口裏說：『我一聽見鐵馬底音響，就回想到你媽媽做新娘時，在洞房裏走着，那腳釧鈴鐺底聲音。那聲音雖有大小底分別，風味却差不多。

他把射到窗外底目光移到承歡身上，說：『你媽媽姓山，所以我在日間或夜間偶然瞧見尖錐形的東西就想着山就想着她。在我心目中底感覺，她實在沒死，不過是怕遇見更大的羞恥，所以躲藏着但在人靜底時候她仍是和我在一處底。她來底時候，也去瞧你們，也和你們談話，只是你們都像不大認識她一樣，有時還不偢睬她。』承懽說：『媽媽一定是在我們睡熟時候來底，若是我醒時，斷沒有不偢睬她底道理。』那老人家撫着這幼女底背說：『是的。你媽媽常誇奬你說，你聰明，喜歡和她談話，不像你姊姊越大就越發和她生疏起來。』承歡知道這話是父親造出來教妹妹喜歡底，所以她笑着說：『我心裏何常不時刻惦念着媽媽呢？但她一來到，我怎麼就不知道，這眞是怪事！』

關懷對着承歡說：『你和你媽媽離別時年紀還小，也許記不淸她底模樣；可是你須知道不論要認識什麼物體都不能以外貌爲準的，何况人面是最容易變化的呢？你要認識一個人，就得在他底聲音容貌之外找尋，這形體不過是生命中極短促的一段罷了。樹木在春天發出花葉，夏天結了果子，一到秋冬，花、葉、果子多半失掉了；但是你能說沒有花、葉底就不是樹木麼？池中底蝌蚪，漸漸長大成爲一隻蝦蟆，你能說蝌蚪不是小蝦蟆麼？無情的東西變得慢，有情的東西變得快。

故此，我常以你媽媽底墳墓爲她底變化身：我覺得她底身體已經比我長得大，比我長得堅強；她底聲音，她底容貌，是徧一切處的。我到她底墳上，不是盼望她那臥在土中底肉身從墓碑上挺起來；我瞧她底身體就是那個墳墓，我對着那墓碑就和在這屋對你們說話一樣。」

承懽說：「哦，原來媽媽不是死，是變化了。爸爸，你那麼愛媽媽，但她在這變化底時節，也知道你是疼愛她底麼？」

「她一定知道底。」

承懽說：「我每到爸爸屋裏，對着媽媽底造像叫喚、撫摩，有時還敲打她幾下。爸爸，若是那像眞是媽媽，她肯讓我這樣撫摩和敲打麼？她也能疼愛我，像你疼我一樣麼？」

關懷回答說：「一定很喜歡。你媽媽連我這麼高大，她還十分疼愛，何況你是一個聰明伶俐的小孩子！媽媽底疼愛比爸爸大得多。你睡覺底時候，爸爸只能給你墊枕，蓋被；若是媽媽，一定要將她那隻滑膩而溫煖的手臂給你枕着；還要摟着你，教你不驚不慌地安睡在她懷裏。你吃飯底時候，爸爸只能給你預備小碗，小盤；若是媽媽，一定要把她那輭和而常搖動的膝頭給你做凳子；

還要親手遞好吃的東西到你口裏。你所穿底衣服，爸爸只能為你買些時式的和貴重的；若是媽媽，一定要常常給你換新樣式，她要親自剪裁，親自刺繡，要用最好看的顏色，——就是你最喜歡底顏色——給你做上。媽媽底疼愛實在比爸爸底大得多！』

承懽坐在父親膝上，一聽完這段話，她底身體底跳盪好像騎在馬上一樣。她一面搖着身子，一面拍着自己兩隻小腿說：『眞的嗎？她為何不對我這樣做呢？爸爸，快叫媽媽從墳裏出來罷。何必為着這蒙羞的土地，就藏起來，不教她親愛的女兒和她相會呢？從前我以為媽媽底脾氣老是那個樣子：兩隻眼睛瞧着人，許久也不瞬一下；和她說話，也不答應；要送東西給她，她兩隻手又不知道往那裏去，也不會伸出來接一接；所以我想她一定是不懂人情底。現在我就知道她不是無知的，爸爸，你為我到墳裏把媽媽請出來罷；不然，你就把前頭那扇石門挪開，讓我進去找她。爸爸曾說她在晚間常來待一會，她會來麼？』

關懷把她親了一下，說：『好孩子，你方才不是說你曾叫過她、摩過她、有時還敲打她麼？她現在已經變成那個樣子了，縱使你到墳墓裏去找她，也是找不着底。她常在我屋裏，常在那裏（他指着屋角那石像）常在你心裏，常在你姊姊心裏，常在我心裏。你和她說話或送東西給她時，她雖像不理你，其實她疼愛你，已經領受你底敬意。你若常常到她面前，用你底孝心，你底誠意供獻給她，日子久了，她心喜歡，讓你見着她底容貌。他要用斌媚的眼睛瞧着你，要開口對你發言，她那堅硬而白的皮膚要化爲柔輭嬌嫩，好像你底身體一樣。待一會她一定來，可是不讓你瞧見她，因爲她先要瞧瞧你對於她底愛心怎樣，然後教你瞧見她。』

承歡也隨着對妹妹證明說：『是，我像你那麼大底時候，也很願意見媽媽一面，後來我照着爸爸底話去做，果然媽媽從石像座兒走下來，摟着我和我談話，好像現在爸爸摟着你和你談話一樣。』

承懽把右手底食指含在口裏，一雙伶俐的小眼射在地上，不歇地轉動，好像了悟什麼事體，還有所發明似的，她擡頭對父親說：『哦，爸爸，我明白了。以後我一定要格外地尊敬媽媽那座造像，盼望她也能下來和我談話。爸爸，比如我用盡我底孝敬心來服事她，她準能知道麼？』

『她一定知道底。』

『那麼，方才所檢那些葉子，若是我好好地把他們藏起來，一心供養着，將來他們一定也會變成活的海星、瓦楞子或翻車魚了。』關懷聽了，莫明其妙。承歡就說：『方才妹妹檢了一大堆的乾葉子，內中有些像魚底，有些像螺貝底，她問底是那些東西。』關懷說：『哦，也許會，也許會。』承懽要立刻跳下來，把那些葉子搬來給父親瞧，但她底父親說：『你先別拿出來，明天我才教給你保存他們底方法。』

關懷生怕他底愛女晚間說話過度，在睡眠時作夢，就勸承懽說：『你該去睡覺啦。我和你到屋裏去罷。明早起來，我再給你說些好聽的故事。』承懽說：『不，我不。爸爸還沒有說完呢，我要聽完了才睡。』關懷說：『媽媽底事長着呢，若是要說，一年也說不完。明天晚上再接下去說罷。』那小女孩於是從父親膝上跳下來，拉着父親底手，說：『我先要到爸爸屋裏瞧瞧那個媽媽。』關懷就和她進去。

他把女兒安頓好，等她睡熟，才回到自己屋裏。他把外衣脫下，手裏拿着那個𩭐鬏囊和腰間底玉佩，把玩得不忍撒手，料想那些東西一定和他底亡妻關山恆媚很有關係。他們底恩愛公案必定要在臨睡前復訊一次。他走到石像前不歇用手去摩弄那堅實而無知的物體，且說：『多謝你爲我留下這兩個女孩教我底晚景不至過於慘淡。不曉得我這殘年要到什麼時候才可以過去，速速地和你同住在一處。唉！你底女兒是不忍離開我底，要她們成人，總得在我們再會之後。我現在正浸在親的情愛中，實在難以解決要怎樣經過這衰弱的殘年，你能爲我和從你身體分化出來底女兒們打算麼？』

他靜靜地站在那裏，好像很注意聽着那石像底回答。可是那用手造底東西怎樣發出她底意思，我們底耳根太鈍，實在不能聽出什麼話來。

他站了許久，回頭瞧見承歡還在北邊的廳裏編織花籃，兩隻手不停地動來動去，口裏還低唱着她底工夫歌。他從窗門對女兒說：『我兒，時候不早了，明天再編罷。今晚上妹妹話說得過多，恐怕不能好好地睡，你得留神一點。』承歡答應一聲，就把那個做未成底籃子擱起來，把那盞小油燈拿着到自己屋裏去了。

燈光被承歡帶去以後，滿屋都被黑暗充塞着。秋螢一隻兩隻地飛入關懷底臥房，有時歇在石像上頭。那光底閃爍，可使闞山恆媚底臉對着她底愛者發出一度一度地的流盼和微笑。但是從外邊來底，還有汨濦的海潮音，嘶嘫的蟋蟀聲，錚鐺的鐵馬響，那可以說是闞山恆媚爲這位老鰥夫唱底催眠歌曲。

綴網勞蛛

『我像蜘蛛，
　命運就是我的網。』
我把網結好，
　還住在中央。

呀，我的網甚時節受了損傷！
　這一壞，教我怎地生長？
生的巨靈說：『補綴補綴罷，』

世間沒有一個不破的網。

我再結網時，
要結在玳瑁梁棟。
珠璣簾櫳；
或結在斷井頹垣，
荒煙蔓草中呢？
生的巨靈按手在我頭上說：
『自己選擇去罷，
你所在的地方無不與隆亨通。』
雖然，我再結的網還是像從前那麼脆弱，

敵不過外力衝撞；
我網的形式還要像從前那麼整齊——
平行的絲連成八角十二角的形狀嗎？
他把「生的萬花筒」交給我，說：
『望裏看罷，
你愛怎樣，就結成怎樣。』
呀，萬花筒裏等等的形狀和顏色
仍與從前沒有什麼差別！
求你再把第二個給我，
我好謹慎地選擇。

『咄咄貪得而無智的小蟲！
自而今回溯到濛鴻，
從沒有人說過裏面有個形式與前相同。
去能生的結構都由這幾十顆「彩琉璃屑」幻成種種，
不必再看第二個生的萬花筒」。

那晚上底月色格外明朗，只是不時來些微風把滿園的花影移動得不歇地作響。素光從椰葉下來，正射在尙潔和她的客人史夫人身上。她們二人的容貌，在這時候，自然不能認得十分清楚；但是二人對談的聲音却像幽谷的回響，沒有一點模糊。

周圍的東西都沈默着，像要讓她們密談一般；樹上的鳥兒把喙插在翅膀底下；草裏的蟲兒也不敢做聲；就是尙潔身邊那隻玉狸，也當主人所發的聲音爲催眠歌，只管齁齁地沈睡着。她用纖手撫着玉狸，目光注在她的客人身上，懶懶地說：『奪魁嫂子，外間的閒話是聽不得的。這事我全不計較——我雖不信定命的說法，然而事情怎樣來，我就怎樣對付，毋庸在事前預先謀定什麼方法。』

她的客人聽了這場冷靜的話，心裏很是着急，說：『你對於自己的前程太不注意了！若是一個人沒有長久的顧慮，就免不了遇着危險，外人的話雖不足信，可是你得把你的態度顯示得明瞭一點，教人不疑惑你才是。』

尙潔索性把玉狸抱在懷裏，低着頭，只管摩弄。一會兒她才冷笑了一聲，說：『嚇嚇，奪魁嫂子，你的話差了！危險不是顧慮所能閃避的。後一小時的事情，我們也不敢說準知道，那里能顧到三四個月，三兩年那麼長久呢？你能保我待一會不遇着危險；能保我今夜裏睡得平安麼？縱使我準知道今晚上會遇着危險，現在的謀慮也未必來得及。我們都在雲霧裏走，離身二三尺以外，誰還能知道前途的光景呢？經裏說：「不要爲明日自誇，因爲一日要生何事，你尙且不能知道。」這句話，你忘了麼？……唉，我們都是從渺茫中來，在渺茫中住，望渺茫中去。若是怕在這條雲封霧鎖的生命路程裏走動，莫如止住你的脚步；若是你有漫游的興趣，縱然前途和四圍的光景曖昧，不能使你賞心快意，你也是要走的，橫豎是往前走，顧慮什麽？

『我們從前的事，也許你和一般僑寓此地的人都不十分知道。我不願意破壞自己的名譽，也不忍教他出醜。你既是要我把態度顯示出來，我就得略把前事說一點給你聽，可是要求你暫時守這個祕密。

『論理，我也不是他的……』

史夫人沒等她說完，早把身子挺起來，作很驚訝的樣子，回頭用焦急的聲音說：『什麽，這又奇怪了！』

『這倒不是怪事，且聽我說下去；你聽這一點，就知道我的全意思了。我本是人家的童養媳，一向就不曾和人行過婚禮，——那就是說，夫婦的名分，在我身上用不着。當時，我並不是愛他，不過要仗着他的幫助，救我脫出殘暴的婆家。走到這個地方，依着時勢的境遇，使我不能不認他為夫。……』

『原來你們的家有這樣特別的歷史。……那麽，你對於長孫先生可以說沒有精神的關係，不過是不自然的結合能了。』

尙潔莊重地回答說：『你的意思是說我們沒有愛情麼？誠然我從不曾在別人身上用過一點男女的愛情；別人給我的，我也不曾辨別過那是眞的，這是假的。夫婦，不過是名義上的事；愛與不愛，只能稍微影響一點精神的生活，和家庭的組織是毫無關係的。

『他怎樣想法子要奉承我，凡認識我的人都覺得出來。然而我却沒有領他的情，因爲他從沒有把自己的行爲檢點一下。他的嗜好多，脾氣壞，是你所知道的。我一到會堂去，每聽到人家說我是長孫可望的妻子，就非常地慚愧。我常想着從不自愛的人所給底愛情都是假的。

『我雖然不愛他，然而家裏的事，我認爲應當替他做的，我也樂意去做，因爲家庭是公的，愛情是私的。我們兩人的關係，實在就是這樣。外人說我和譚先生的事，全是不對的。我的家庭已經成爲這樣，我又怎能把他破壞呢？』

史夫人說：『我現在才看出你們的眞相，我也回去告訴史先生，敎他不要多信閒話。我知道你是好人，是一個純良的女子，神必保佑你。』說着用手輕輕地拍一拍尙潔底肩脖，就站立起來告辭。

尙潔陪她在花陰底下走着，一面說：『我很願意你把這事的原委單說給史先生知道。至於外間傳說我和譚先生有祕密的關係，說我是淫婦，我都不介意。連他也好幾天不回來啦。我估量他是爲這事生氣，可是我並不辯白。世上沒有一個人能夠把眞心拿出來給人家看；縱然能夠拿出來，人家也看不明白，那麼，我又何必多費脣舌呢？人對於一件事情一存了成見，就不容易把眞相觀察出來。凡是人都有成見，同一件事，必會生出歧異的評判，這也是難怪的。我不管人家怎樣批評我，也不管他怎樣疑惑我，我只求自己無愧，對得住天上底星辰和地下底螻蟻便了。你放心罷，等到事情臨到我身上，我自有方法對付。我的意思就是這樣，若是有工夫，改天再談罷。』

她送客人出門，就把玉狸抱到自己房裏。那時已經不早，月光從窗戶進來，歇在椅桌、枕席之上，把房裏的東西染得和鉛製的一般。她伸手向牀邊按了一按鈴子，須臾，女傭妥娘就上來。她問：『佩荷姑娘睡了麼？』妥娘在門邊回答說：『早就睡了。消夜已預備好了，端上來不？』她說着，順手把電燈擰着，一時滿屋裏都着上顏色了。

在燈光之下，才看見尚潔斜倚在牀上。流動的眼睛，軟潤的頷頰，玉葱似的鼻，柳葉似的眉，桃綻似的唇，襯着蓬亂的頭髮，……凡形體上各樣的美都湊合在她頭上。她的身體，修短也很合度。從她口裏發出來的聲音，都合音節，就是不懂音樂的人，一聽了她的話語，也能得着許多默感。她見妥娘把燈擰亮了，就說：『把他擰滅了罷。光太強了，更不舒服。方才我也忘了留史夫人在這里消夜，我不覺得十分飢餓，不必端上來，你們可以自己方便去。把東西收拾清楚，隨着給我點一枝洋燭上來。』

妥娘遵從她的命令，立刻把燈滅了，接着說：『相公今晚上也許又不回來，可以把大門扣上嗎？』

『是，我想他永遠不回來了。你們喫完，就把門關好，各自歇息去罷，夜很深了。』

尚潔獨坐在那間充滿月亮的房裏，桌上一枝洋燭已燃過三分之二，輕風頻拂火焰，眼看那枝發光底小東西要淚盡了。她於是起來，把燭火移到屋角一個窗戶前頭的小几上。那里有一個軟墊，几上擱幾本經典和祈禱文。她每夜睡前的功課就是跪在那墊上默記三兩節經句，或是誦幾句禱詞。別的事情，也許她會忘記，惟獨這聖事是她所不敢忽略的。她跪在那里冥想了許久，掙眼一看，火光已不知道在什麼時候從燭臺上逃走了。

她立起來，把臥具整理妥當，就躺下睡覺。可是她怎能睡着呢？呀，月亮也循着賓客的禮，不敢相擾，慢慢地辭了她，走到園裏和他的花草朋友，木石知交周旋去了！

月亮雖然辭去，她還不轉眼地望着窗外的天空，像要訴她心中的祕密一般。她正在牀上展來轉去，忽聽園裏「曜哔」一聲，響得很利害。她起來，走到窗邊往外一望，但見一重一重的樹影和夜霧把園裏蓋得非常嚴密，教她看不見什麼。於是她躡步下樓，喚醒妥娘，命她到園裏去察看那怪聲的出處。妥娘自己一個人，那里敢出去；她走到門房把團哥叫醒，央他一同到園牆邊察一察。團哥也就起來了。

妥娘去不多會，便進來回話。她笑着說：『你猜是什麼呢？原來是一個蹇運的竊賊摔倒在我們底牆根，他底腿已摔壞了，腦袋也擂傷了，流得滿地都是血，動也動不得了。團哥拿着一枝荊條正在抽他哪。』

尙潔聽了，一霎時前所有的恐怖情緒一時盡變爲慈祥的心意。她等不得回答妥娘，便跑到牖根。團哥還在那里『你這該死的東西……不知利害底壞種……』一句一鞭，打罵得很高興。尙潔一到，就止住他，還命他和妥娘把受傷的賊扛到屋裏來。她吩咐讓他躺在貴妃牀上。僕人們都顯出不願意的樣子；因爲他們想着一個賊人不應該受這麼好的待遇。

尙潔看出他們的意思，便說：『一個人走到做賊的地步是最可憐憫的，若是你們不得着好機會，也許……。』他說到這里，覺得有點失言，教她的傭人聽了不舒服，就改過一句說話：『若是你們明白他的境遇，也許會體貼他。我見了一個受傷的人，無論如何，總得救護的。你們常常聽見「救苦救難」的話，遇着憂患的時候，有時也會脫口地說出來；爲何不從「他是苦難人」那方面體貼他呢？你們不要怕他的血沾髒了那墊子，儘管扶他躺下罷。』團哥只得扶他躺下，口裏沈吟地說：『我們還得爲他請醫生去嗎？』

『且慢，你把燈移近一點，待我來看一看。救傷的事，我還在行。妥娘，你上樓去把我們那個「常備藥箱」捧下來。』又對團哥說：『你去倒一盆清水來罷。』

僕人都遵命各自幹事去了。那賊雖閉着眼，方才尙潔所說的話，却能聽得分明。他心裏的感激可使他自忘是個罪人，反覺他是世界裏一個最能得人愛惜的青年。這樣的待遇，也許就是他生平第一次得着的。他呻吟了一下，用低沈的聲音說：『慈悲的太太，菩薩保佑慈悲的太太！』

那人的太陽邊受了一傷很重，腿部倒不十分利害。她用藥綿蘸水輕輕地把傷處周圍的血跡滌淨，再用繃帶裹好。等到事情做得清楚，天早已亮了。

她正轉身要上樓去換衣服，驀聽得外面敲門底聲很急，就止步問說：『誰這麼早就來敲門呢？』

『是警察罷。』

妥娘提起這四個字，教她很着急。她說：『誰去告訴警察呢？』那賊躺在貴妃牀上，一聽見警察要來，恨不能立刻起來跪在地上求恩。但這樣的行動已從他那雙勞倦的眼睛表白出來了。尙潔跑到他跟前，安慰他說，『我沒有叫人去報警察，……』正說到這里，那從門外來底腳步已經踏進來。

來底並不是警察，却是這家底主人長孫可望。他見尙潔穿着一件睡衣站在那里和一個躺着的男子說話，心裏底無明業火已從身上八萬四千個毛孔裏發射出來。他第一句就問，『那人是誰？』

這個問實在教尙潔不容易回答，因爲她從不曾問過那受傷者底名字；也不便說他是賊。

『他……他是受傷的人。……』

可望不等說完，便拉住她的手說，『你辦的事，我早已知道。我這幾天不回來，正要偵察你的動靜，今天可給我撞見了。我何嘗辜負你呢？……一同上去罷，我們可以慢慢地談。』不由分說，拉着她就望上跑。

安娘在旁邊看得情急，就大聲嚷着，『他是賊！』

『我是賊，我是賊。』那可憐的人也嚷了兩聲。可望只對着他冷笑說，『我明知道你是賊。不必報名，你且歇一歇罷。』

一到臥房裏，可望就說：『我且問你，我有什麼對你不起的地方？你要入學堂，我便立刻送你去；要到禮拜堂聽道，我便特地爲你豫備車馬。現在你有學問了，也入教了，我且問你，學堂教你這樣做，教堂教你這樣做麼？』

他的話意是要詰問她爲什麼變心，因爲他許久就聽見人說尙潔嫌他鄙陋不文，要離棄他去嫁給一個姓譚的。夜間的事，他一概不知，他進門一看尙潔底神色，老以爲她所做的是一段愛情把戲。在尙潔方面，以爲他是不喜歡她這樣待遇竊賊。她的慈悲性情是上天所賦的，她也覺得這樣辦，於自己的信仰和所受的教育沒有衝突，就回答說：『是的，學堂教我這樣做，教會也教我這樣做。你敢是……』

『是嗎？』可望喝了一聲，猛將懷中小刀取出來向尙潔的肩脖上一擊。這不幸的婦人，立時倒在地上，那玉白的面龐已像漬在胭脂膏裏一樣。

她不說什麼，但用一種沈靜的和無抵抗的態度，就足以感動那愚頑的兇手。可望當此情景，心中恐怖的情緒已把凶猛的怒氣克服了。他不再有什麼動作，只站在一邊出神。他看尙潔動也不動一下，估量她是死了；那時，他覺得自己底罪惡壓住他，不許再逗留在那里，便溜煙似地望外跑。

妥娘見他跑了，知道樓上必有事故，就趕緊上來。她看尙潔那樣子，不由得『啊，天公！』喊了一聲，一面上去要把她攙扶起來。尙潔這時，眼睛略略掙開，像要對她說什麼，只是說不出。她指着肩脖示意妥娘才看見一把小刀插在她肩上。妥娘底手便卽酥軟，週身發抖，待要扶她，也沒有氣力了。她含淚對着主婦說，『容我去請醫生罷。』

『史……史……』妥娘知道她是要請史夫人來，便回答說：『好，我也去請史夫人來。』她教園哥看門，自己雇一輛車找救星去了。

醫生把尙潔扶到牀上，慢慢施行手術；趕到史夫人來時，所有的事情都弄清楚啦。醫生對史夫人說：『長孫夫人的傷不甚要緊，保養一兩個星期便可復元。幸而那刀從肩胛骨外面脫出來，沒有傷到肺葉，——那兩個創口是不要緊的。』

醫生辭去以後，史夫人便坐在牀沿用法子安慰她。這時，尙潔的精神稍微恢復，就對她的知交說：『我不能多說話，只求你把底下那個受傷的人先送到公醫院去；其餘的待我好了再給你說。……唉，我的嫂子，我現在不能離開你，你這幾天得和我同在一塊兒住。』

史夫人一進門就不明白底下爲什麼躺着一個受傷的男子，妥娘去時，也沒有對她詳細地說。她看見尚潔這個樣子，又不便往下問。但尚潔的穎悟性從不會被刀所傷，她早明白史夫人猜不透這個悶葫蘆，就說：『我現在沒有氣力給你細說，你可以向妥娘打聽去。就要速速去辦，若是他回來，便要害了他的性命。』

史夫人照她所吩咐的去做，回來，就陪着她在房裏，沒有回家。那四歲的女孩佩荷更不知道這是怎麼一回事，還是嗬嗬笑笑，過她的平安日子。

一個星期，兩個星期，在她病中嘿嘿地過去。她也漸次復元了。她想許久沒有到園裏去，就央求史夫人扶着她慢慢走出來。她們穿過那晚上談話的柳陰，來到園邊一個小亭下，就歇在那里。她們坐的地方滿開了玫瑰，那清靜溫香的景色委實可以消滅一切憂悶和病害。

『我已忘了我們這里有這麼些好花，待一會，可以折幾枝帶回屋裏。』

『你且歇歇，我爲你選擇幾枝罷。』史夫人說時，便起來折花。尚潔見她脚下有一朵很大的花，就指着說，『你看，你脚下有一朵很大、很好看的，爲什麼不把他摘下？』

史夫人低頭一看，用手把花提起來，便嘆了一口氣。

『怎麼啦？』

史夫人說：『這花不好。』因爲那花只贈地上那一半，還有一邊是被蟲傷了。她怕說出傷字，要傷尚潔底心，所以這樣回答。但尚潔看底，明明是一朵好花，在教遞過來給她看，

『脊魁嫂，你說他不好麼？我在此中找出道理咧！這花雖然被蟲傷了一半，還開得這麼好看，可見人的命運也是如此——若不把他的生命完全奪去，雖然不完全，也可以得着生活上一部分的美滿，你以爲如何呢？』

史夫人知道她連想到自己的事情上頭，只回答說：『那是當然的，命運的偃蹇和亨通，於我們的生活沒有多大關係。』

談話之間，妥娘領着史脊魁先生進來。他向尚潔和他的妻子問過好，便坐在她們對面一張凳上。史夫人不管她丈夫要說什麼，頭一句就問，『事情怎樣解決呢？』

史先生說『我正是爲這事情來給長孫夫人一個信。昨天在會堂裏有一個很激烈的紛爭，因爲有些人說可望底舉動是長孫夫人迫他做成的，應當剝奪她赴聖筵的權利。我和我奉眞牧師在席間極力申辯，終歸無效。』他望着尙潔說：『聖筵赴與不赴也不要緊，因爲我們的信仰決不能爲儀式所束縛；我們的行爲，只求對得起良心就算了。』

『因爲我沒有把那可憐的人交給警察，便責罰我麼？』

史先生搖頭說：『不，不。現在的問題不在那事上頭。前天可望寄一封長信到會裏，說到你怎樣對他不住，怎樣想棄絕他去嫁給別人。他對於你和某人、某人往來的地點、時間都說出來。且說，他不願意再見你的面，若不與你離婚，他永不回家。信他所說的人很多，我們怎樣申辯也挽不過來。我們雖然知道事實不是如此，可是不能找出什麼憑據來證明。我現在正要告訴你，若是要到法廷去的話，我可以幫你的忙。這里不像我們祖國，公庭上沒有女人說話的地位。況且他的買賣起先都是你拿資本出來，要離異時，照法律，最少總得把財產分一半給你。……像這樣的男子，不要他也罷了。』

尙潔說：『那事實現在不必分辯，我早已對嫂子說明了。會裏因爲信條的緣故，說我的行爲不合道理，便禁止我赴聖筵——這是他們所信的，我有什麼可說的呢！』她說到末一句，聲音便低下了。她的顏色很像爲同會的人誤解她，和誤解道理惋惜。

『唉，同一樣道理，爲何信仰的人會不一樣？』

她聽了史先生這話，便奮興起來，說：『這何必問？你不常聽見人說：「水是一樣，牛喝了便成乳汁，蛇喝了便成毒液」嗎？我管保我所得能化爲乳汁，那能干涉人家所得的變成毒液呢？若是到法廷去的話，倒也不必。我本沒有正式和他行過婚禮，自毋須乎在法廷上公布離婚。若說他不願意再見我的面，我儘可以搬出去。財產是生活的贅瘤，不要也罷，和他爭什麼？……他賜給我底恩惠已是不少，留着給他……』

『可是你一把財產全部讓給他，你立刻就不能生活。還有佩荷呢？』

尙潔沈吟半晌，便說：『不妨，我私下也會積聚些少，只不能支持到一年罷了。但不論如何，我總得自己掙扎。至於佩荷……』她又沈思了一會，才續下去說：『好罷，看他的意思怎樣，若是他願意把那孩子留住，我也不和他爭。我自己一個人離開這里就是。』

他們夫婦二人深知道尙潔的性情，知道她很有主意，用不着別人指導。並且他在無論什麼事情上頭都用一種宗教的精神去安排。她的態度常顯出十分冷靜和沈毅；做出來的事，有時超乎常人意料之外。

史先生深信她能够解決自己將來的生活，一聽了她的話，便不再說什麼，只略略把眉頭縐了一下而已。史夫人在這兩三個星期間，也很爲她費了些籌畫。他們有一所別業在土華地方，早就想教尙潔到那裏去養病，到現在她才開口說：『尙潔妹子，我知道你一定有更好的主意，不過你的身體還不甚復原，不能立刻出去做什麼事情，何不到我們的別莊裏靜養一下，過幾個月再行打算？』史先生接着對他妻子說：『這也好，只怕路途遠一點，由海船去，最快也得兩天才可以到。但我們都是慣於出門的人，海濤的顚播當然不能制服我。我若是要去的話，你可以陪着去，省得寂寞了長孫夫人。』

尙潔也想找一個靜養的地方，不意他們夫婦那麼仗義，所以不待躊躇便應許了。她不願意爲自己的緣故教別人麻煩，因此不讓史夫人跟着前去。她說：『寂寞的生活是我管慣的。史嫂子在家裏也有許多當辦的事情，那里能夠和我同行？還是我自己去好一點。我很感謝你們二位的高誼，要怎樣表示我的謝忱，我卻不懂得；就是懂，也不能表示得萬分之一我只說一聲「感激莫名」便了。史先生，煩你再去問他要怎樣處置佩荷，等這事弄清楚，我便要動身。』她說着，就從方才摘下的玫瑰中間選出一朵好看的遞給史先生，教他插在胸前底鈕門上。不久，史先生也就起立告辭，替她辦交涉去了。

士華在馬來半島底西岸，地方雖然不大，風景倒還幽緻。那海裏出的珠寶不少，所以住在那里的多半是搜寶之客。尙潔住的地方就在海邊一叢棕林裏。在她的門外，不時看見采珠的船往來於金的塔尖和銀的浪頭之間。這采珠的工夫賜給她許多教訓。因爲她這幾個月來常想着人生就同入海采珠一樣，整天冒險入海裏去，要得着多少，得着什麼，采珠者一點把握也沒有。但是這個感想決不會妨害她的生命。她見那些人每天迷朦朦地搜求，不久就理會她在世間的歷程也和采珠的工作一樣。要得着多少，得着什麼，雖然不在她的權能之下，可是她每天總得入海一遭，因爲她的本分就是如此。

她對於前途不但沒有一點灰心，且要更加奮勉。可望雖是剝奪她們母女的關係，不許佩荷跟着她，然而她仍不忍棄掉她的責任，每月要托人暗地裏把喫的用的送到故家去給她女兒。

她現在已變主婦的地位爲一個珠商底記室了。住在那里的人都說她是人家的棄婦，就看輕她，所以她所交游的都是珠船裏的工人。那班沒有思想的男子在休息的時候便因着她的姿色爭來找她開心。但她的威儀常是調伏這班人的邪念，教他們轉過心來承認她是他們的師保。

她一連三年，除幹她的正事以外，就是教她那班朋友說幾句英吉利語，念些少經文，知道些少常識。在她的團體裏，使令，供養，無不如意。若說過快活日子，能像她這樣，也就不劣了。

雖然如此，她還是有缺陷的。社會地位，沒有她的分；家庭生活，也沒有她的分。我們想想她心裏到底有什麼感覺？前一項，於她是不甚重要的；後一項可就繚亂她的衷腸了！史夫人雖常寄信給她，然而她不見信則已，一見了信，那種說不出來的傷感就加增千百倍。

她一想起她的家庭，每要在樹林裏徘徊，樹上的蟋蟀常要幻成她女兒底聲音對她說：『母思兒耶？母思兒耶？』這本不是奇迹，因爲發聲者無情，聽音者有意，她不但對於那些小蟲的聲音是這樣，卽如一切的聲音和顏色，偶一觸着她的感官，便幻成她的家庭了。

她坐在林下，遙望着無埃的波浪，一度一度地掀到岸邊，常覺得她的女兒踏着浪花踴躍而來，這也不止一次了。那天，她又坐在那里，手拿着一張佩荷的小照，那是史夫人最近給她寄來的。她翻來翻去地看，看得眼昏了。她猛一擡頭，又得着常時所現的異象。她看見一個人攜着她的女兒從海邊上來，穿過林樾，一直走到跟前。那人說：『長孫夫人，許久不見，貴體康健啊！我領你的女兒來找你哪。』

尙潔此時，揉一揉眼睛，才理會果然是史先生攜着佩荷找她來。她不等回答史先生的話，便上前用力摟住佩荷；她的哭聲從她愛心的深密處殷雷似地震發出來。佩荷因爲不認得她，害怕起來，也放聲哭了一場。史先生不知道感觸了什麼，也在旁邊只儘管擦眼淚。

這三種不同情緒的哭泣止了以後，尙潔就嗚咽地問史先生說：『我實在喜歡。想不到你會來探望我，更想不到佩荷也能來！……』她要問的話很多，一時摸不着頭緒。只摟定佩荷，眼看着史先生出神。

史先生很莊重地說：『夫人，我給你報好消息來了。』

『好消息！』

『你且鎮定一下，等我細細地告訴你。我們一得着這消息，我的妻子就教我和佩荷一同來找你。這奇事，我們以前都不知道，到前十幾天才聽見我奉眞牧師說的。我牧師自那年爲你底事卸職後，他的生活，你已經知道了。』

『是。我知道他不是白天做裁縫匠，晚間還做製餅師嗎？我信得過，神必要幫助他，因爲神的兒子說：「爲義受逼迫的人是有福的。」他的事業還順利嗎？』

『倒沒有什麼過不去的地方。他不但日夜勞動，在合宜的時候，還到處去傳福音哪。他現在不用這樣地喫苦，因爲他底老教會看他的行爲，請他回國仍舊當牧師去，在前一個星期已經動身了。』

『是嗎！謝謝神！他必不能長久地受苦。』

『就是因爲我牧師回國的事，我才能到這里來。你知道長孫先生也受了他的感化麼？這事詳細地說起來，倒是一種神迹。我現在來也是爲告訴你這件事。』

『前幾天長孫先生忽然到我家裏找我。他一向就和我們很生疏，好幾年也不過訪一次，所以這次的來教我們很詫異。他第一句就問你的近況如何，且訴說他的懊悔。他說這反悔是忽然的，是我牧師警醒他的。現在我就將他的話照樣地說一遍給你聽：——

『「在這兩三年間，我牧師常來找我談話，有時也請我到他的麵包房裏去聽他講道。我和他來往那麼些次，就覺得他是我的好師傅。我每有難決的事情或疑慮的問題，都去請教他。我自前年生事，二人分離以後，每疑惑尙潔官的操守，又常聽見家裏傭人思念她的話，心裏就十分懊悔。但我總想着，男人說話將軍箭，事已做出，那里還有臉皮收回來？本是打算給他一個錯到底的。然而日子越久，我就越覺得不對。到我牧師要走，最末次命我去領教訓的時候，講了一章經，教我很受感動。散會後，他對我說他盼望我做的是請尙潔官回來。他又念馬可福音十章給我聽，我自得着那教訓以後，越覺得我很卑鄙、凶殘、淫穢，很對不住她。現在要求你先把佩荷帶去見她，盼望她為女兒的緣故赦免我。你們可以先走，我隨後也要親自前往。』

『他說懊悔底話很多，我也不能細說了。等他來時，容他自己對你細說罷。我很奇怪我牧師對於這事，以前一點也沒有對我說過，到要走時，才略提一提；反教他來到我那里去，這不是神迹嗎？』

尚潔聽了這一席話，卻沒有顯出特別愉悅的神色，只說：『我的行為本不求人知道，也不是為要得人家的憐恤和讚美；人家怎樣待我，我就怎樣受，從來是不計較的。別人傷害我，我還饒恕，何況是他呢？他知道自己的鹵莽，是一件極可喜的事。——你願意到我屋裏去看一看嗎？我們一同走走罷。』

他們一面走，一面談。史先生問起她在這里的事業如何，她不願意把所經歷的種種苦處盡說出來，只說：『我來這里，幾年的工夫也不算浪費，因為我已找着了許多失掉底珠子了！那些靈性的珠子，自然不如入海去探求那麼容易，然而我竟能得着二三十顆！此外沒有什麼可以告訴你。』

尚潔把她的事情結束停當，等可望不來，打算要和史先生一同回去。正要到珠船裏和她的朋友們告辭，在路上就遇見可望跟着一個本地人從對面來。她認得是可望，就堆着笑容，搶前幾步去迎他，說：『可望舍平安哪！』可望一見她，也就深深地行了一個敬禮，說：『可敬的婦人，我所做一切的事都是傷害我的身體，和你我二人的感情，此後我再不敢了。我知道我多多地得罪你，實在不配再見你的面，盼望你不要把我的過失記在心中。今天來到這里，爲的是要表明我悔改的行爲；還要請你回去管理一切所有的。你現在要到那里去呢？我想你可以和史先生先行動身，我隨後回來。』

尚潔見他那番誠懇的態度，比起從前，簡直是兩個人，心裏自然滿是愉快，且暗自謝她的神在他身上所顯底奇迹。她說：『呀，往事如夢中之煙，早已在虛幻裏消散了，何必重行提起呢？凡人都不可積聚日間的怨恨、怒氣和一切傷心的事到夜裏，何況是隔了好幾年的事？請你把那些事情擱在腦後罷。我本想到船裏去，向我那班同工的人辭行。你怎樣不和我們一起回去，還有別的事情要辦麼？史先生現時在他的別業——就是我住的地方——我們一同到那里去罷，待一會，再出來辭行。』

『不必，不必。你可以去你的，我自己去找他就可以。因爲我還有些正當的事情要辦。恐怕不能和你們一同回去；什麼事，以後我才教你知道。』

『那麼，你教這士人領你去罷，從這里走不遠就是。我先到船裏，回頭再和你細談。再見哪！』

她從士華回來，先住在史先生家裏，意思是要等可望來到，一同搬回她的舊房子去。誰知等了好幾天，也不見他的影。她才知道可望在士華時所說的話意有所含蓄。可是他到那里去呢？去幹什麼呢？她正想着，史先生拿了一封信進來，對她說：『夫人，你不必等可望了，明後天就搬回去罷。他寄給我這一封信，說他有許多對不起你的地方，都是出於激烈的愛情所致，因他愛你的緣故，所以傷了你。現在他要把從前邪惡的行爲和暴躁的脾氣改過來，且要償還你這幾年來所受的苦楚，故不得不暫時離開你。他已經到檳榔嶼了。他不直接寫信給你的緣故，是怕你傷心，故此寫給我，教我好安慰你；他還說從前一切的產業都是你的，他不應獨自霸佔了許久，要求你盡量地享用，直等到他回來。』

『這樣看來，不如你先搬回去，我這里派人去找他回來如何？唉，想不到他一會兒就能悔改到這步田地！』

她遇事本來很沈靜，史先生說時，她的顏色從不會顯出什麼變態，只說：『爲愛情麼？爲愛而離開我麼？這是當然的。愛情本如極利的斧子，用來剝削命運常比用來整理命運的時候多一些。他既然規定他自己的行程，又何必費工夫去尋找他呢？我是沒有成見的，事情怎樣來，我怎樣對付就是。』

尙潔搬回來那天，可巧下了一點雨，好像上天使園裏的花木特地沐浴得很妍淨來迎接他們的舊主人一樣。她進門時，妥娘正在整理廳堂，一見她來便嚷着『奶奶，你回來了！我們很想念你哪！你的房間亂得很，等我把各樣東西安排好再上去。先到花園去看看罷，你手植各樣的花木都長大了。後面那棵釋迦頭長得像羅傘一樣，結果也不少，去看看罷。史夫人早和佩荷姑娘來了，他們現時也在園裏。』

她和妥娘說了幾句話，便到園裏。一拐灣，就看見史夫人和佩荷坐在樹蔭底下一張凳上，——那就是幾年前，她要被刺那夜，和史夫人坐着談話的地方。她走來，又和史夫人並肩坐在那里。史夫人說來說去，無非是安慰她的話。她像不信自己這樣的命運不甚好，也不信史夫人用定命論的解釋來安慰她，就可以使她滿足。然而她一時不能說出合宜的話，教史夫人明白她心中毫無憂鬱在內。她無意中一擡頭，看見佩荷拿着樹枝把結在玫瑰花上一個蜘蛛網撩破了一大部分。她注神許久，就想出一個意思來。

她說：『呀，我給這個比喻，你就明白我的意思。』

『我像蜘蛛，命運就是我的網。蜘蛛把一切有毒無毒的昆蟲喫入肚裏，回頭把網組織起來。他第一次放出來的游絲，不曉得要被風吹到多麼遠；可是等到黏着別的東西的時候，他的網便成了。

『他不曉得那網什麼時候會破，和怎樣破法。一旦破了，他還暫時安安然然地藏起來；等有機會再結一個好的。

『他的破網留在樹梢上，還不失爲一個網。太陽從上頭照下來，把各條細絲映成七色；有時黏上些少水珠，更顯得燦爛可愛。

『人和他的命運又何常不是這樣？所有的網都是自己組織得來，或完或缺，只能聽其自然罷了。』

史夫人還要說時，妥娘來說屋子已收拾好了，請她們進去看看。於是，她們一面談，一面離開那里。

園裏沒人，寂靜了許久。方才那隻蜘蛛悄悄地從葉底出來，向着網的破裂處，一步一步，慢慢補綴。他補這個幹什麼？因爲他是蜘蛛，不得不如此！

無法投遞之郵件

給誦幼

▲不能投遞之原因——地址不明退發信人寫明再遞▼

誦幼，我許久沒見你了。我近來患失眠症，夢魂呢，又常困在軀殼裏飛不到你身邊，心急得很。但世間事本無容人着急底餘地，越着急越不能到，我只得聽其自然罷了。你總不來我這里，也許你怪我那天藏起來沒有出來幫你忙底緣故。呀，誦幼，若你因那事怪了我，我可就寃枉極了！我在那時，全身已拋在煩惱的海中，自救尚且不暇，何能顧你？今天接定慧底信，說你已經被釋放了，我實在歡喜得很！呀，誦幼，此後須要小心和男子相往來。你們女子常說「男子壞的很多，」這話誠然不錯。但我以爲男子底壞，並非他生來就是如此底，是跟女子學來底。誦幼，我說這話，請你不要怪我。你底事且不提，我拿文錦底事來說罷。他對於倘素本來是很誠實的，但倘素要將她和文錦底交情變爲更親密的交情，故不得不胡亂獻些慇懃。呀，女人的慇懃，就是使男子變壞底砒石喲！我並不是說女子對於男子要很森嚴、冷酷，像懷霄待人一樣；不過說沒有智慧底慇懃是危險的罷了。

我盼望你今後的景況像湖心底白鵠一樣。

給貞蕤

△不能投遞之原因——此人已離廣州▽

自走馬營一別，至今未得你底消息。知道你底生活和行脚僧一樣，所以沒有破旅愁底書信給你念。昨天從杭香處聽見你底近況，且知道你現在住在這里，不由得我不寫這幾句話給你。

我底朋友，你想北極底冰洋上能够長出花菖蒲，或開得像尼羅河邊底王蓮來麼？我勸你就回家去罷。放着你清涼而恬淡的生活不享；飄零着找那不知心的「知心人」，爲何自找這等刑罰；縱說是你當時得罪了他，要找着他向他謝罪，可是罪過你已認了，那溫潤不撓，如玉一般的情好豈能彌補得毫無瑕疵？

我底朋友，我常想着我曾用過一管筆，有一天無意中把筆尖誤燒了，（因為我要學篆書，聽人說燒尖了好寫，）就不能再用他。但我很愛那筆，用盡許多法子，也補救不來；就是拿去找筆匠，也不能出什麼主意，只是教我再換過一管能了。我對於那天天接觸底小寶貝，雖捨不得扔掉，也不能不把他藏在筆囊裏。人情雖不能像這樣換法，然而我們若在不能換之中，姑且當做能換，也就安慰多了。你有心犧牲你的命運，他卻無意成就你底願望，你又何必？我勸你早一點回去罷，看你年少的容貌或逃鏡影中，在你背後底黑影快要闖入你底身裏，把你青春一切活潑的風度趕走；把你光豔的軀殼奪去了。

給小巒

我再三叮嚀你，不知心的知心人，縱然找着了，只是加增懊惱，毫無用處底。

△不能投遞之原因——此人已入瘋人院▽

綠綺湖邊底夜談，是我們所不能忘掉底。但是，小鬱，我要告訴你，迷生決不能和我一樣，常常惦念着你，因爲他底心多用在那戀愛底遺骸上頭。你不是教我探究他的意思嗎？我昨天一早到他那裏去，在一件事情上使我理會他還是一個愛底墳墓底守護者。若是你願意聽這段故事，我就可以告訴你。

我一進門時，他垂着頭好像很悲傷的樣子，便問，「迷生，你又想什麼來？」他嘆了一聲才說，「她織給我底領帶了！我身邊再也沒有她底遺物了！人去了，她底東西也要陸續地跟着她走，眞是難解！」我說，「是地，太陽也有破壞底日子，何況一件小小東西，你不許他壞，成麼？」

「爲什麼不成。若是我不用他，就可以保全他。然而我怎能不用。我一用她給我留下底器用；就藉那些東西要和她交通，且要得着無量安慰。」他低垂的視線添着手裏底舊領帶，接着說：「唉，現在她底手澤都完了！」

小鬱，你想他這樣還能把你惦記在心裏麼？你太輕於自信了。我不是使你失望，我很了解他，也了解你，你們固然是親戚，但我要提醒除你疏淡的友誼外，不要多走一步。因爲，凡最終的地方，都是在對岸那很高很遠、很暗，且不能用平常的舟車達到底。你和迷生底事，據我現在底觀察，縱使蜘蛛底絲能夠織成帆，蜣螂底甲能够裝成船，也不能渡你過第一步要過底心意底瀚洋。你不要再發癡了，還是迴向蓮臺，拜你那低頭不語底偶像好。你常說我給麻醉劑你服，不錯的！若是我給一毫一釐的興奮劑你服，恐怕你要起不來了。

答勞雲

▲不能投遞的原因——勞雲已投金光明寺在嶺上，不能遞，停雲▼

中夜起來，月還在座，渴鼠蹓上桌子偷我筆洗裏底墨水喝，我一下床，他就嚇跑了。他驚醒我，我嚇跑他，也是公道的事情。到窗邊坐下，且不點燈，回想去年此夜，我們正在了因底園裏共談，你說我們在萬木芭蕉底下，直像草根底下鬭鳴底小蟲。唉，今夜那園裏底小蟲必還在草根底下叫着，然而我們呢？木要獨自出去一走，爭奈院裏鬼影歷亂，又沒有侶伴，只得作罷了。睡不着，偏想茶喝，到後房去見我底小丫頭被慵睡鎖得很牢固，不好解放她，喝茶底念頭，也得作罷了。回到窗邊坐下，摩摩窗櫺，無意摩着你前月底信，就仗着月燈再念了一遍。可幸你底字比我寫得還要粗大，念時，尚不費勁，在這時候，只好給你寫這封回信。

勞雲，我對了因所說；那得天下荒山重疊圍合，做個大監牢——野獸當邏卒，古樹作柵欄，烟雲擬桎梏，蔦蘿爲索鍊，——開散地囚盡你這流動人愁懷底詩犯？不想你眞要自首去了！去也好，但我只怕你一去到那裏便成詩境，不是詩牢了。

你問我爲什麼叫你做詩犯，我自己也不知其所以然。我覺得你底詩雖然很好，可是你心裏所有底和手裏寫出來底總不能適合，不如把筆摔掉，到那只許你心兒領會底詩牢去更妙。遍世間盡是詩境，所以詩人易做。詩人無論遇着什麼，總不肯竫嘿着，非發出些愁苦的詩不可，眞是難解。譬如今夜夜色，若你在時，必要把院裏所有的調戲一番，非教他們都哭了，你不甘心。這便是你底過犯了。所以我要叫你做詩犯，很盼望你做個詩犯。

一手按着手電燈，一手寫字很容易乏，不寫了。今夜起來本不是爲給你寫回信，然而在不知不覺中，就誤了我半小時，不能和我那個「月」嘿談。這又是你底罪過！

院裏底蟲聲直如鬼哭，聽得我毛髮盡竦，還是埋頭枕底，讓那隻小鼠暢飲一場罷。

給琰光

▲不能投遞之原因——琰光南歸就婚，囑所有男友來書均退回。▼

你在我心中始終是一個生面人，彼此間再也不能有什麼微妙深沉的認識了。這也是難怪底。白孔雀和白熊雖是一樣清白，而性情底冷暖各不相同，故所住底地方也不相同。我看出來了！你是白熊，只宜徘徊於古冰嶙嶸底巖壑間，當然不能與我這白孔雀一同飛翔於纓纓纓纓繁花樹樹底森林裏。可惜我從前對你所有意緒，到今日落得寸斷毫分，流離到蹤跡都無。我終恨我不是創作者呀！怎麼連這刹那等速的情愛時間也做不來？

我熱極了，躺在病牀上，只是同冰作伴。你底情愫也和冰一樣，我愈熱，你愈融，結果只使我戴着一頭冷水。就是在手中底，也消融盡了。人間第一痛苦就是無情的人偏會裝出多情的模樣，有情的倒是箴口束手無所表示！啓芳說我是汎愛者，勞生說我是兼愛者，但我自己却以爲我是困愛者。我實對你說，我自己實不敢作，也不能作愛戀業，爲困於愛，故鎮日顛倒於這甜苦的重圍中，不能自行救度。愛底沉淪是一切救主所不能救底。愛底迷蒙是一切天人師所不能訓誨開示底。愛的剛愎是一切調御丈夫所不能降伏底。

病中總希望你來看看我，不想你影兒不露，連信也不來！似游絲的情緒只得因着記憶底風掛搭在西園西籬，晚霞現處。那裏站着我兒時曾愛，現在猶愛底邕。她是我這一生第一個女伴。二十四年底別離，我已成年，而心象中底邕還是兩股小辮垂在綠衫兒上。畢章是別離好呵。別離的人總不會老的，你不來也就罷了，因爲我更喜歡在舊夢中尋找你。

你去年對我說那句話，這四百日中，我未嘗忘掉要給你一個解答。你說愛是你底，你要予便予，要奪便奪。又說要得你底愛須付代價，咦，你老脫不掉女人的驕傲！無論是誰，都不能有自己的愛。你未生以前，愛戀早已存在，不過你偷了些少來眩惑人罷了。你到底是個愛底小竊；同時是個愛底典質者。你何嘗花了一絲一忽底財寶，或費了一言一動底勞力去索取愛戀，你就想便宜得來，高貴地售出？人間第二痛苦就是出無等的代價去買不用勞力得來底愛戀。我實在告訴你，要代價底愛情我買不起。

焦——把紙筆拿到牀邊，迫着我寫信給你，不得已才寫了這一套話。我心裏告訴我說，從誠實心表見出來底言語永不致於得罪人，所以我想上頭所說底不會動你底怒。

給憬然三姑

△不能投遞之原因——本宅並無「三姑」稱謂。▽

我來找你，並不是不知道你已嫁了，怎麼你總不敢出來和我敍敍舊話？我一定要認識你底「天」以後才可以見你麼？三千里底海山，十二年底隔絕，此間：每年、每月、每個時辰、每一念中都盼着要再會你。一踏入你底大門，我心便擺得如鞦韆一般，幾乎把心房上底大脈震斷了。誰知坐了半天，你總不出來！好容易見你出來，客氣話說了，又坐我背後。那時許多人要與我談話，我怎好意思回過臉去向着你？

合卺酒是女人的懵兜湯，一喝便把兒女舊事都忘了，所以你一見了我，只似曾相識，似不相識，似怕人知道我們曾相識兩意三心，把舊時的好話都撇在一邊。

那一年底深秋，我們同在昌華小榭賞殘荷。我底手誤觸在竹欄邊底仙人掌上，竟至流血不止。你從你底鏡囊取出些粉紙，又拔兩根你香柔而黑甜的頭髮，爲我裹纏傷處。你記得那時所說底話麼？你說：『這頭髮雖然不如弦底韌，用來纏傷，足能使得，就是用來繫愛人底愛也未必不能勝任。』你含羞說出底話眞果把我心繫住，可是你底記憶早與我底傷痕一同喪失了。

又是一年底秋天，我們同在屋頂放一隻心形紙鳶。你扶着我的肩膀看我把線放盡了。紙鳶騰得很高，因爲風力過大，扯得線兒欲斷不斷。你記得你那時所說底話麼？你說：『這也不是「紅線，」容牠斷了罷。』我說：『你想我捨得把我偷閒做成底「心」放棄掉麼？縱然沒有紅線，也不能容牠流落。』你說：『放掉假心，還有眞心呢。』你從我手裏把白線奪過去，一撒手，紙鳶便翻了無數的筋斗，帶着墮線飛去掛在皇覺寺塔頂。那破心底纖維也許還存在塔上，可是你底記憶早與當時底風一樣地不能追尋了。

有一次，我們在流花橋上聽鷓鴣，你底白襪子給道傍底曼陀羅花汁染汙了。我要你脫下來，讓我替你洗淨。你記得當時你說什麼來？你說：『你不怕人笑話麼，——豈有男子給女人洗襪子底道理？你忘了我方才用梔子花蒂在你掌上寫了我底名字麼？一到水裏，可不把我底名字從你手心洗掉，你怎捨得？』唉，現在你底記憶也和寫在我掌上底名字一同消滅了！

給爽君夫婦

眞是合巹酒是女人犓兜湯，一喝便把兒女舊事都忘了。但一切往事在我心中都如殘機底線，線線都相連着，一時還不能斷盡。我知道你現在很快活，因爲有了許多子女在你膝下。我一想起你，也是和你對着兒女時一樣地喜歡。

△不能投遞之原因——爽君逃了，不知去向。▽

你底問題，實在是時代問題，我不是先知，也不能決定說出其中底秘奧。但我可以把幾位朋友所說底話介紹給你知道，你定然要很樂意地念一念。

我有一位朋友說：『要雙方發生誤解，才有愛情。』他底意思以爲相互的誤解是愛情底基礎。若有一方面了解，一方面誤解，愛也無從懸掛底。若兩方面都互相了解，只能發生更好的友誼罷了。愛情底發生，因爲我不知道你是怎麼一回事，你不知道我是怎麼一回事。若彼此都知道很透澈，那時便是愛情底老死期到了。

又有一位朋友說：『愛情是彼此底幫助：凡事不顧自己，只顧人。』這句話，據我看來，未免廣泛一點。我想你也知道其中不盡然底地方。

又有一位朋友說：『能够把自己的人格忘了，去求兩方更高的共同人格便是愛情。』他以爲愛情是無我相底，有「我」底執着不能愛，所以要把人格丟掉，然而人格在人間生活底期間內是不能拋棄底，爲這緣故就不能不再找一個比自己人格更高尙的東西。他說這要找底便是共同人格。兩方因爲再找一個共同人格，在某一點上相遇了，便連合起來成爲愛情。

此外有許多陳腐而很新鮮的論調，我也不多說了。總之，愛情是非常神秘，而且是一個人一樣底。近時的作家每要誇炫說：「我是不寫愛情小說，不做愛情詩底。」介紹一個作家，也要說「他是不寫愛情的文藝底，」我想這就是我們不能了解愛情本體底原因。愛情就是生活，若是一個作家不會描寫，或不敢描寫，他便不配寫其餘的文藝。

我自信我是有情人，雖不能知道愛情底神秘，却願多多地描寫愛情生活。我立願盡此生，能寫一篇愛情生活，便寫一篇；能寫十篇，便寫十篇；能寫百千億萬篇，便寫百千億萬篇。立這志願，爲底是安慰一般互相誤解，不明白的人。你能不罵我是愛情牢獄底廣告人麼？

這信寫來答覆爽君，亦雄也可同念。

覆誦幼

△不能投遞之原因——該處並無此人△

『是神造宇宙、造人間、造人、造愛；還是愛造人、造人間、造宇宙、造神？』這實與「是男生女，是女生男」底舊謎一般難決。我總想着人能造底少而能破底多。同時，這一方面是造，那一方面便是破。世間本沒有「無限」。你破璞來造你底玉簪，破貝來造你底珠珥，破木爲梁，破石爲牆，破蠶、綿、蔴、麥、牛、羊、魚、鱉底生命來造你底日用飲食，乃至破五金來造貨幣、槍彈以殘害同類、異種底生命。這都是破造雙成底。要生活就得破。就是你現在的「室家之樂」也從破得來。你破人家親子之愛來造成底配偶，又何嘗不是破？破是不壞的，不過現代的人還找不出破壞量少而建造量多底一個好方法罷了。

你問我和她底情誼破了不，我要誠實地回答你說：誠然，我們底情誼已經碎為流塵，再也不能復原了，但在清夜中，舊誼底鬼靈曾一度躡到我記憶底倉庫裏，悄悄把我伐情的斧——怨恨——拿走。我揭開被褥起來，待要追他，他已乘着我眼中底毛輪飛去了。這不易尋覓的鬼靈只留他底蹤迹在我書架上。原來那是伊人底文件！我伸伸腰，揉着眼，取下來念了又念，伊人底冷而復次顯現了。舊的情誼又從字裏行間復活起來。相怨後底復和，總解不通從前是怎麼一回事，也許不出其中的甘苦。心而上底青紫惟有用淚洗濯而已。有澀淚可流底人還算不得是悲哀者。所以我還能把壁上底琵琶抱下來彈彈，一破清夜底岑寂。你想我對着這歸來底舊好必要彈些高興的調子。可是我那夜彈來彈去只是一闋長相憶，總彈不出好事！這奈何，奈何？我理會從記憶底墳裏復現底舊誼，多年總有些分別。但玉在她底信裏附着幾句短詞嘲我說：

「噫，說到相怨總是表面事，
心裏的好人兒仍是舊相識。
是愛是憎本容不得你做主。
你到底是個愛戀底奴隸！」

她所嘲於我底未免太過。然而那夜底境遇實是我破從前一切情愫所建造底。此後，縱然表面上極淡的交誼也沒有，而我們心心底理會仍可以來去自如。

你說愛是神所造，勸我不要拒絕，我本沒有拒絕，然而憎也是神所造，我又怎能不承納呢？我心本如香水海，只任輕浮的慈惠船載着喜愛底花果在上面游盪。至於滿載癡石嗔火底簰筏，終要因她底危險和沉重而消沒淨盡，焚燬淨盡。愛憎既不由我自主，那破造更無消說了。因破而造，因造而破，緣因更迭，你那能說這是好，那是壞？至於我底心迹連我自己也不知道，你又怎能名其奧妙？人到無求，心自清寧，那時既無所造作，亦無所破壞。我只覺我心還有多少欲念除不掉，自當勇敢地破滅他至於無餘。

你，女人，不要和我講哲學。我不懂哲學。我勸你也不要希望你腦中有百「論」千「說」億萬「主義」那由他「派別」，辯來論去，逃不出鷄子方圓底爭執。縱使你能證出鷄子是方的，又將如何？你還是給我講講音樂好。近來造了一闋暖雲烘寒月琵琶譜，順抄一份寄給你。這也是破了許多工夫造得來底。

覆真齡

△不能投遞之原因——眞齡去國，未留住址。▽

自與那人相怨後，更覺此生不樂。不過舊時的愛好，如潔白的寒鷺，三兩時間飛來歇在我心中泥濘的枯塘之岸，有時漫涉到將乾未乾的水中央，還能使那寂靜的平面隨着她底步履起些微波。

唉，愛姊姊和病弟弟總是孿生的呵！我已經百夜沒睡了，我常說，我底愛如香冽的酒，已經被人飲盡了，我哀傷的金罍裏只剩些殘冰底融液，既不能醉人，又足以凍我齒牙。你試想，一個百夜不眠底人，若渴到極地，就禁得冷飲麼？

『爲愛戀而去底人終要循着心境底愛迹歸來。』我老是這樣地顛倒夢想。但兩人之中，誰是爲愛戀先走開底？我說那人，那人說我。誰也不肯循着誰底愛迹歸來，這委是一件胡盧事！玉爲這事也和你一樣寫信來呵責我，她眞和她眼中底瞳子一樣，不用鏡子就映不着自己。所以我給她寄一面小鏡去，她說：「女人總是要人愛底，」難道男子就不是要人愛底？她當初和球一自相怨後，也是一樣蒙起各人底面具，相逢直如不識。他們兩個復和，還是我底工夫，我且寫給你看。

那天，我知道球要到帝室之林去賞秋葉，就慫恿她與我同去。我遠地看見球從溪邊走來，借故撇開她，留她在一顆楓樹底下坐着，自己藏在一邊靜觀。人在落葉上走是秘不得底。球底足音，諒她聽得着。球走近樹邊，二丈相離底地方也就不往前進了。他也在一根橫臥底樹根上坐下，拾起枯枝只顧撥撥地上底敗葉。她偷偷地看球，不做聲，也不到那邊去。球底雙眼有時也從假意低着底頭斜斜地望她，他一望，玉又假做看別的了。誰也不願意表明誰看着誰來。你知道這是很平常的事。由愛至怨，由怨至於假不相識，由假不相識也許能回到原來的有情境地。我見如此，故意走回來，向她說：『球在那邊哪！』她回答『看見了。』你想這話若多兩個字「欽此，」豈不成這娘娘底懿旨？我又大聲嚷球。他底回答也是一樣地莊嚴，幾乎帶上「欽此」二字。我跑去把球撿來，對他們說：『你們彼此相對道道歉，如何？』到底是男子容易勸。球到她跟前說：『我也不知道怎樣得罪你。他迫着我向你道歉，我就向你道歉罷。』她望着球，心裏愉悅之情早破了她底雙頰冲出來。她說：『人爲什麼不能自主到這步田地？連道個歉也要朋友迫着來。』好了，他們重新說起話來了！

她是要男子愛底，所以我能給她辦這事。我是要女人愛底，故毋需去瞅睬那人，我在情誼底道上非常誠實，也沒有變動，是人先離開底。誰離開，誰得循着自己心境底愛迹歸來。我那能長出千萬翅膀飛入蒼茫裏去找她？再者，他們是醉於愛底人，故能一說再合。我又無愛可醉，犯不着去討當頭一棒底冷話。您想是不是？

給懷霽

△不能投遞之原因——此信遺在道旁由陳齋夫拾回。▽

好幾次寫信給你都從火爐裏捎去。我希望當你看見從我信箋上出來那幾縷煙在空中飄揚底時候，我底意見也能同時印入你底網膜。

懷霽，我不願意寫信給你底緣故因爲你只當我是有情的人，不當我是有趣的人。我嘗對人說，你是可愛的，不過你游戲天地底心比什麼都強，人還夠不上愛你。朋友們都說我愛你，連你也是這樣想，眞是怪事！你想男女得先定其必能相愛，然後互相往來麼？好人甚多，怎能個個愛戀他？不過這樣的成見不止你有，我很可以原諒你。我底朋友，在愛底田園中，當然免不了三風四雨。從來沒有不變化的天氣能教一切花果開得斑爛，結得磊砢底。你連種子還沒下，就想得着果實，便是辦不到底。我告訴你，眞能下雨底雲是一聲也不響底，不掉點兒底密雲，雷電反發射得彌滿天地。所以人家底話，不一定就是事實，請你放心。

男子願意做女人底好伴侶、好朋友，可不願意當她們底奴才，供她們使令。他願意幫助她們，可不喜歡奉承諂媚她們。男子就是男子；媚是女人的事。你若把「女王」「女神」底尊號暫時收在鏡囊裏，一定要得着許多能幫助你的朋友。我知道你底性地很冷酷，你不但不願意得幾位新的好友，或極疏淡的學問之交，連舊的你也要一個一個棄絕掉。嫁了底女朋友，和做了官的男相識，都是不念舊好的。與他們見面時，常覓如路人。你還未嫁，還未做官，不該施行那樣的事情。我不是呵責你，也不是生氣，——就使你侮辱我到極點，我也不生氣。我不過盡我的情勸告你罷了。說到勸告，也是不得已的。這封信也是在萬不得已的境遇底下寫底。寫完了，我還是盼望你收不到。

覆少覺

△不能投遞之原因——受信人地址爲鼠所汚，無法投遞。▽

同年的老弟：我知道懷書多病，故月來未嘗發信問候，恐惹起她底悲怨。她自說：『我有心事萬縷，總不願寫出、說出；到無可奈何時節，只得由他化作血絲飄出來。』所以她也不寫信告訴我她到底是害什麼病。我想她現時正躺在病榻上呢。

唉，懷書底病是難以治好底。一個人最怕有「理想。」「理想」不但能使人病，且能使人放棄他底性命。她甚至抱着理想的理想，怎能不每日病透二十四小時？她常對我說：『有而不完全，寧可不有。』你想「完全」眞能在人間找得出來底麼？就是遍游億萬塵沙世界，經過莊嚴刦，賢刦，星宿刦，也找不着呀！不完全的世界怎能有完全的人？她自己也不完全，怎配想得一個完全的男子？縱使世間眞有一個完全的男子，與她理想的理想一樣，那男子對她未必就能起敬愛，能了！這又是一種渴鹿趨陽燄底事，卽令他有千萬蹄，每蹄各具千萬翅膀，飛跑到曠野盡處，也不能得點滴的水；何況她還盼望得到綠洲做他底憩息飲食處？朋友們說她是「愚拙的聰明人，」誠然！她眞是一個萬事伶俐，一時懵懂底女人。她總沒想到「完全」是由妖魔畫空而成，本來無東西，可能捉得住？多才、多藝、多色、多意想底人，最容易犯理想病。因爲有了這些，魔便乘隙於她心中畫等等極樂，飾等等莊嚴，造等等偶像，使她這本來辛苦底身心更受造作安樂底刑罰。這刑罰，除了世人以爲愚拙的人以外，誰也不能免掉。如果她知道這是魔底詭計，她就泅近解脫底岸邊了。「理想」和毒花一樣，眼看是美，却拿不得。三家村女也知道開美麗的花底多是毒草，總不敢取來做肴饌，可見眞正聰明人還數不到她。自求辛螫底人除用自己底淚來調反省底藥餌以外，再沒有別樣靈方醫生說她外表似冷，內裏却中了很深的繁花毒。由毒生熱惱，惱極成勞，故嘔心有血。我早知她底病原在此，只恨沒有神變威力，幻作大白香象，到阿耨達池去，吸取些清涼水來與她灌頂，使她表裏俱冷。雖然如此，我還盡力向牠勸說，希望她自己能調伏牠理想底熱毒。我寫到這裏，接朋友底信說她病得很凶，我得趕緊去看看她。

海世間

我們底人間只有在想像或淡夢中能夠實現罷了。一離了人造的上海社會，心裏便想到此後我們要脫離等等社會律底桎梏來享受那樂行憂違底潛龍生活；誰知道一上船，那人造人間所存的受、想、行、識，都跟着我們入了這自然的海洋！這些東西比我們底行李還多，把這一萬二千噸底小船壓得兩邊搖蕩。同行的人也知道船載得過重，要想一個好方法，教他底負擔減輕一點；但誰能有出衆的慧思呢？想來想去，只有吐些出來，此外更無何等妙計。

這方法雖是很平常，然而船卻輕省得多了。這船原是要到新世界去的喲，可是新世界未必就是自然的人間。在水程中，雖然把衣服脫掉了，跳入海裏去學大魚的游泳，也未必是自然。要是閉眼悶坐着，還可以有一點勉強的自在。

船離陸地遠了，一切遠山疏樹盡化行雲。割不斷的輕煙，縷縷絲絲從烟筒裏舒放出來，慢慢地往後延展。故國裏想是有人把這烟揪住罷。不然就是我們之中有些人底離情凝結了，乘着輕烟家去。

呀！他底魂也隨着輕烟飛去了！輕烟載不起他，把他摔下來。墮落底人連浪花也要欺負他，將那如彈的水珠一顆顆射在他身上。他幾度隨着波濤浮沉，氣力有點不足，眼看要沉沒了，幸而得文鰩底哀憐，展開了帆鰭搭救他。

文鰩說，『你這人太笨了，熱火燃盡的冷灰，豈能載得你這焰紅的情懷？我知道你們船中定有許多多情的人兒動了鄉思。我們一隊隊跟船走，又飛又泳，指望能為你們服勞，不料你們反拍着掌笑我們，驅逐我們。』

他說：『你底話我們怎能懂得呢？人造的人間底人，只能懂得人造的語言罷了。』

文鰩搖着他口邊那兩根短鬚，裝作很老成的樣子，說：『是誰給你分別底，什麼叫人造人間，什麼叫自然人間？只有你心裏妄生差別便了。我們只有海世間，和陸世間底分別，陸世間想你是經歷慣底，至於海世間，你只能從想像中理會一點。你們想海裏也有女神，五官六感都和你們一樣。戴底什麼珊瑚、珠貝，披底什麼鮫紗、昆布。其實這些東西在我們這里並非希奇難得的寶貝。而且一說人底形態便不是神了。我們沒有什麼神，只有這蔚藍的鹽水是我們生命底根源。可是我們生命所從出底水，於你們反有害處。海水能奪去你們底生命，若說海裏有神，你應當崇拜水，毋需再造其他的偶像。』

他聽得獃了，雙手扶着文鰩底帆鰭，請求他領他到海世間去。文鰩笑了，說：『我明說水中你是生活不得底。你不怕丟了你底生命麼？』

他說：『下去一分時間，想是無妨底。我常想着海神底清潔、溫柔、嫻雅等等美德；又想着海底花園有許多我不曾見過的生物和景色，恨不得有人領我下去一游。』

文鰩說：『沒有什麼，沒有什麼，不過是鹹而冷的水罷了，海底美麗就是這麼簡單——冷而鹹。你一眼就可以望見了。何必我領你呢？凡美麗的事物都是這麼簡單的。你要求他多麼繁複，熱烈，那就不對了。海世間底生活，你是受不慣底，不如送你回船上去罷。』

那魚一振鰭，早離了波阜，飛到舷邊。他還捨不得回到這眞是人造的陸世界來，眼巴巴只恨望着天涯，不信海就是方才所聽情況。從他想像裏，試要構造些海底世界底光景。他底海中景物眞個實現在他夢想中了，

海角底孤星

一走近舷邊看浪花怒放底時候，便想起我有一個朋友曾從這樣的花叢中隱藏他底形骸。這個印象，就是到世界底末日，我也忘不掉。

這樁事情離現在已經十年了。然而他在我底記憶裏却不像那麼久遠。他是和我一同出海底。新婚的妻子和他同行，他很窮，自己買不起頭等艙位。但因新人不慣行旅底緣故，他樂意把平生的蓄積盡量地傾瀉出來，爲他妻子定了一間頭等艙。他在那頭等船票底傭人格上塡了自己底名字，爲底要省些資財。

他在船上那里像個新郎，簡直是妻底奴隸！傍人底議論，他總是不理會底，他沒有什麼朋友，也不願意在船上認識什麼朋友，因爲他覺得同舟中只有一個人配和他說話。這冷僻的情形，凡是帶着妻子出門底人都是如此；何況他是個新婚者？

船向着赤道走，他們底熱愛也隨着增長了，東方人底戀愛本帶着幾分爆發性，縱然過着冷氣，也不容易收縮。他們要去底地方是檳榔嶼附近一個新闢的小埠。下了海船，改乘小舟進去。小河邊滿是椰子、棕棗和樹膠林。輕舟載着一對新人在這神祕的綠陰底下經過；赤道下底陽光又送了他們許多熱情、熱覺、熱血汗。他們更覺得身外無人。

他對新人說：『這樣深茂的林中，正合我們幸運的居處。我願意和你永遠住在這里。』

新人說：『這綠得不見天日的林中，只作浪人底墳墓罷了……』

他趕快截住說：『你老是要說不吉利的話！然而在新婚期間，所有不吉利的語言都要變成吉利的。你沒念過書，那里知道這林中底樹木所代表的意思。書裏說：「椰子是得子息底徵識樹，因爲椰子就是「迓子」。棕棗是表明愛與和平。樹膠要把我們的身體黏得非常牢固，至於分不開。你看我們在這林中，好像雙星懸在鴻濛的穹蒼下一般。雙星有時被雷電嚇得躲藏起來，而我們常要聞見多多歌禽底妙音和無量野花的香味。算來我們比雙星還快活多了。』

新人笑說：『你們念書人底能幹只會在女人面前搬脣弄舌罷。好聽極了！聽你的話語，也可以不用那發妙音底鳥兒了。有了別的聲音，倒嫌噪雜咧！……可是，我的人哪，設使我一旦死掉，你要怎辦呢？』

這一問，眞個是平地起雷咧！但不曉得新婚的人何以常要發出這樣的問？不錯底，死底恐怖，本是和快樂底願望一齊來底呀。他底眉不由得不緊起來了，酸楚的心却擁出一副笑臉說：『那麼，我也可以做個孤星。』

『咦，恐怕孤不了罷。』

『那麼，我隨着你去，如何？』他不忍看着他底新人，掉頭出去向着流水，兩行熱淚滴下來，正和船頭激成底水珠結合起來。新人見他如此，自然要後悔，但也不能對她丈夫懺悔，因爲這種悲哀底黴菌，衆生都會由母親底胎裏傳染下來，誰也沒法醫治底。她只能說：『得啦，又傷心什麼？你不是說我們在這時間裏，凡有不吉利的話語，都是吉利的麼？你何不當作一種吉利話聽？』她笑着，舉起丈夫底手，用他底袖口，幫助他擦眼淚。

他急得把妻子底手摔開說：『我自己會擦。我底悲哀不是你所能擦，更不是你用我底手所能滅掉底，你容我哭一會罷。我自己知道很窮，將要養不起你，所以你……』

妻子忙殺了，急掩着他底口說：『你又來了。誰有這樣的心思？你要哭，哭你底，不許再往下說了。』

這對相對無言底新夫婦，在沈嘿中隨着流水灣行，一直駛入林蔭深處。自然他們此後定要享受些安泰的生活。然而在那郵件難通的林中，我們何從知道他們底光景？

三年底工夫，一點消息也沒有！我以爲他們已在林中做了人外的人，也就漸漸把他們忘了。

這時，我底旅期已到，買舟從檳榔嶼回來。在二等艙上，我遇見一位很熟的旅客。我左右思量，總想不起他底名姓，幸而他還認識我，他一見我便叫我說：『落君，我又和你同船回國了！你還記得我嗎？我想我病得這樣難看，你決不能想起我是誰。』他說我想不起，我倒想起來了。

我很驚訝，因爲他實在是病得很利害了。我看見他妻子不在身邊，只有一個咿啞學舌的小嬰孩躺在牀上。不用問，也可斷定那是他底子息。

他倒把別來底情形給我說了。他說：『自從我們到那里，她就病起來。第二年，他生下這個女孩，就病得更厲害了。唉，幸運只許你空想底！你看她沒有和我一同回來，就知道我現在確是成爲孤星了。』

我看他憔悴的病容，委實不敢往下動問。但他好像很有精神，願意把一切的情節都說給我聽似的。他說話時，小孩子老不容他暢快地說。沒有母親的孩子，格外愛哭，他又不得不撫慰她。因此，我也不願意擾他，只說：『另日你精神清爽底時候，我再來和你談罷。』我說完，就走出來。

那晚上，經過馬來海峽，船震盪得很，滿船底人多犯了「海病」。第二天，浪平了。我見管艙底侍者，手忙脚亂地拿着一個蔴袋往他底艙裏進去。一問，才知道他已經死了。侍者把他底屍洗淨，用細檯布裹好，拏了些廢鐵、幾塊煤炭，一同放入袋裏，縫起來。他底小女兒還不知道是怎麼一回事，只咿啞地說了一兩句不相干的話。她會叫『爸爸』『我要你抱』『我要那個』等等簡單的話。在這時，人們也沒工夫理會她、調戲她了，她只獨自說自己底。

黃昏一到，他底喪禮也要預備舉行了。侍者把蔴袋拿到船後底舷邊，燒了些楮錢，口中不曉得念了些什麼，念完就把蔴袋推入水裏。那時船底推進機停了一會，隆隆之聲一時也靜嘿了。船中知道這事底人都遠遠站着看，雖和他沒有什麼情誼，然而在那時候却不免起敬底。這不是從友誼來底恭敬，本是非常難得，他竟然承受了！

他底海葬禮行過以後，就有許多人談到他生平的歷史和境遇。我也擠入隊裏去聽人家怎樣說他。有些人說他妻子怎樣好，怎樣可愛，他底病完全是因爲他妻子底死，積哀所致底。照他底話，他妻子葬在萬綠叢中，他却葬在不可測量的碧晶巖裏了。

傍邊有個印度人，撚着他那一大縷紅鬍子，笑着說：『女人就是悲哀底萌蘗，誰叫他如此？我們要避掉悲哀，非先避掉女人底糾纏不可。我們常要把小女兒獻給殑迦河神，一來可以得着神惠，二來省得她長大了，又成爲一個使人悲哀底惡魔。』

我搖頭說：『這只有你們印度人辦得到罷了。我們可不願意這樣辦。誠然，女人是悲哀底萌蘗，可是我們寧願悲哀和她同來，也不能不要她。我們寧願她嫁了才死，雖然使她丈夫悲哀至於死亡，也是好的。要知道喪妻底悲哀是極神聖的悲哀。』

日落了，蔚藍的天多半被淡薄的晚雲塗成灰白色。在雲縫中，隱約露出一兩顆星星。金星從東邊底海涯昇起來，由薄雲裏射出他底光輝。小女孩還和平時一樣，不懂得什麼是可悲的事。她只顧抱住一個客人底腿，綿軟的小手指着空外底金星，說：『星！星我要那個！』她那副嬉笑的面龐，迥不像個孤兒。

醍醐天女

相傳樂斯迷是從醍醐海昇起來底。她是愛神底母親，是保護世間底大神衞世奴底妻子。印度人一談到她，便發出非常的欽讚。她底化身依婆羅門人底想像，是不可用算數語言表出底。人想她底存在是徧一切處徧一切時；然而我生在世間底年紀也不算少了，怎樣老見不着她底影兒？我在印度洋上曾將這個疑問向一兩個印度朋友說過。他們都笑我沒有智慧，在這有情世間活着，還不能辨出人和神底性格來。準陀羅是和我同舟底人，當時他也沒有對我說什麼，只管凝神向着天際那現吉祥相底海雲。

那晚上，他教我和他到舵上底輪機旁邊。我們底眼睛都望下看着推進機激成底白浪。準陀羅說：『那麼大的洋海，只有這幾尺地方像醍醐海底顏色。』這話又觸動我對於樂斯迷底疑問。

他本是很喜歡講故事底，所以我就央求他說一點樂斯迷底故事給我聽。

他對着蒼忙的洋海很高興地發言『這是我自己底母親！』在很莊的言語中，又顯出他有資格做個女神底兒子。我倒詫異起來了。他說：『你很以爲希奇麼？我給你解釋罷。』

我靜坐着，聽這位自以爲樂斯迷兒子底朋友說他父母底故事。

* * * * *

我底家在旁遮普和迦濕彌羅交界地方。那里有很暢茂的森林。我母親自十三歲就嫁了。那時我父親不過是十四歲。她每天要同我父親跑入森林裏去，因爲她喜歡那些參天的樹木和不羈的野鳥和昆蟲底歌舞。他們實在是那森林底心。他們常進去玩，所以樹林裏底禽獸都和他們很熟悉。鸚鵡啣着果子要吃，一見他們來，立刻放下，發出和悅的聲問他們好。孔雀也是如此，常在林中展開他們底尾扇，歡迎他們。小鹿和大象有時嚼着食品走近跟前讓他們撫摩。

樹林裏底路，多半是我父母開底。他們喜歡做開闢道路底人。每逢一條舊路走熟了，他們就想把路邊底藤蘿荊棘掃除掉，另開一條新路進去。在沒有路或不是路底樹林裏走着，本是非常危險的。他們冒得險多，危險眞個教他們遇着了。

我父親拿着木棍；一面撥，一面往前走；母親也在後頭跟着。他們從一顆滿了氣根底榕樹底下穿過去。亂草中流出一條小溪，水淺而清，可是很急。父親喊着『看看！』他扶着木棍對母親說：『眞想不到這里頭有那麼清的流水。我們坐一會玩玩。』於是他們二人摘了兩扇櫻櫚葉，鋪在水邊，坐下，四隻脚插入水中，任那活流洗濯。

父親是一時也靜不得底。他不在言中，涉過小溪，試要探那邊底新地。母親是女人，比較起來，總軟弱一點。有時父親往前走了很遠，她還在欵着喘不過氣來。所以父親在前頭走得多麼遠，她總不介意。她在葉上坐了許久，只等父親回來叫她。但天色越來越晚，總不見他來。

催夕陽西下底鳥歌、獸吼，一陣陣地興起了，母親慌慌張張涉過水去找父親。她從藤蘿底斷處，叢莽底傾倒處，或林樾底婆娑處找尋。在萬綠底下，黑闇格外來得快。這時，只剩下幾點螢火和葉外底霞光照顧着這位森林底女人。她底身體雖然弱，她底膽却是壯的。她一見父親倒在地上，凝血聚在身邊，立卽走過去。她見父親底脚還在流血，急解下自己底外衣在他腿上緊緊地絞。血果然止住，但父親已在死底門外候着了。

母親這時雖然無力也得曩着父親走。她以爲躺在這用虎豹做看護底森林病牀上，倒不如早些離開爲妙。在一所沒有路底新地，想要安易地回到家裏，雖不致如煮沙成飯那麼難，可也不容易。母親好容易把父親曩過小溪，但找來找去總找不着原路。她知道在急忙中走錯了道，就住步四圍張望，在無意間把父親撩在地上，自己來回地找路。她心越亂，路越迷，怎樣也找不着回到父親身邊，夜幕已漸次落下來了！她想無論如何，不能在林裏過夜，總得把父親曩出來。不幸這次她底力量完全丟了，怎麼也舉父親不起；這教她進退兩難了。守着呢？丈夫底傷勢像很沉重，夜來若再遇見毒蛇猛獸，那就同歸於盡了。走呢？自己一個又忍不得離開。絞盡腦髓，終不能想出何等妙計。最後她決定自己一個人找路出來。她摘了好些葉子，折了好些小樹枝，把父親遮蓋着。用了一刻功夫，居然堆成一叢小林。她手裏另抱着許多合歡葉，走幾步就放下一枝，有時插在別的樹葉上，有時結在草上，有時塞在樹皮裏，爲要做回來底路標。她走了約有五六百步，一彎新月正壓眉梢，距離不遠，已隱約可以看見些村屋。

她出了林，望有房屋底地方走。可惜這不是我們底村，也不是鄰舍是樹林別一方面底村莊，我母親不曾到過底。那時已經八九點了。村人怕野獸，早都關了門。她拍手求救，總不見有慷慨出來幫助底。她跑到村後，挨那籬笆向裏瞭望。

那一家底籬笆裏，在淡月中可以看見兩三個男子坐在樹下吸煙、閒談。母親合着掌從籬外伸進去求他們說：『諸位好鄰人，趕快幫助我到樹林裏扶我丈夫出來罷。』男子們聽見籬外發出哀求的聲，不由得走近看看。母親接着央求他們說：『我丈夫在樹林裏負傷很重，你們能幫助我進去把他扶出來麼？』內中有個多髭的人問母親說：『天色這麼晚，你怎麼知道你丈夫在樹林裏？』母親回答說：『我是從樹林出來底。我和他一同進去，他在中途負傷。』

幾個男子好像審案一般，這個一言，那個一語。只顧盤問。有一個說：『既然你和他一同進去，為什麼不會扶他出來？』有一個說：『你看他連外衣也沒穿，那里像是出去玩的樣子！想是在林中另有別的事罷。』又有一個說：『女人底話信不得。她不曉得是個什麼人。那有一有女人昏夜從樹林跑出底道理？』

在昏夜中女人底話有時很有力量，有時她底聲音直像向沒有空氣底地方發出，人家總不理會。我母親用盡一個善女人所能說底話對他們解釋，爭奈那班心硬的男子們都覺得她在那里饒舌。她最好的方法，只有離開那里。

她心中惦念林中底父親，說話本有幾分恍惚，再加上那幾個男子底搶白，更是着急萬分。她實在不認得道回家，縱然認得，也未必敢走。左右思量，還是回到樹林裏去。

在向着樹林底歸途中，朝霞已從後面照着她了。她在一個道途不熟的黑夜裏移步固然很慢，而廢路又走了不少，繞了幾個灣，有時還回到原處。這一夜底步行，足够疲乏了。她踱到人家一所菜園，那里有一張空凳子，她顧不得什麼，只管坐下。

不一會，出來一個七八歲的孩子。定睛看着她，好像很詫異似的。母親知道他是這里的小主人，就很恭敬地對他說明。孩子底心比那般男子好多了。他對母親說：『我背着我媽同你去罷。我們牢裏有一匹白母牛，天天我們要從他榨出些奶子，現在我正要牽他出來，你候一候罷，我教他讓你騎着走，因為你乏了。』孩子牽牛出來，也不榨奶，只讓母親騎着，在朝陽下，隨着路標走入林中。

母親在牛背上，眼看快到父親身邊了。昨夜所堆底葉子，一葉也沒剩下。精神慌張的人，連大象站在旁邊也不理會，眞奇怪呀！她起先很害怕，以爲父親底身體也同葉子一同消滅了。後來看見那隻和他們很要好底象正在咀嚼夜間她所預備底葉子，心才安然一些。

下了牛背，孩子扶她到父親安臥底地方，但是人已不在了。這一嚇，非同小可，簡直把她苦得欲死不得。孩子底眼快一點，心地又很安寧，父親一下子就讓他找到了。他指着那邊樹根上那人說：

『那個是不是？』母親一看，速速地扶着他走過去。

母親喜出望外，問說：『你什麼時候醒過來底？怎麼看見我們來了，也不作一聲？』

父親沒有回答她的話，只說：『我渴得很。』

孩子搶着說：『擠些奶子他喝。』他摘一片光面的葉子到母牛腹下擠了些來給父親喝。

父親底精神漸次回復了，對母親說：『我是被大象搖醒底。醒來不見你，只見他在旁邊，吃葉子。爲何這里有那麼些葉子？是你預備底罷。……我記得昨天受傷底地方不是在這里。』

母親把情形告訴他，又問他爲何傷得那麼厲害。他說是無意中觸着毒刺；折入脛裏，他一拔出來血就隨着流，不忍教母親知道，打算自己治好再出來。誰知越治血流得越多，至於暈過去，醒來才知道替他止血底還是母親。

父親知道白母牛是孩子底，就對他說了些感謝底話，也感激母親說：『若不是你去帶這匹母牛來，恐怕今早我也起不來。』

母親很誠懇地回答：『溪水也可以喝底，早知道你要醒過來，我當然不忍離開你，眞對不住你了。』

『誰是先知呢？剛才給我喝底奶子，實在勝過天上醍醐，多虧你替我找來！』父親說時，挺着身子想要起來，可是他底氣力很弱，動彈得不大靈敏。母親向孩子借了母牛讓父親騎着。於是孩子先告辭回去了。

父親贊美她底忠心，說她比醍醐海出來底樂斯迷更好。母親那時也覺得昨晚上備受苦辱，該得父親底贊美底。她也很得意地說：『權當我爲樂斯迷罷！』自那時以後，父親常叫她做樂斯迷。

枯楊生花

秒，分，年月，
是用機械算底時間。
白頭，縐皮，
是時間栽培底肉身。
誰曾見過心生白髮？
起了縐紋？
心花無時不開放。

雖寄在愁病身，老死身中，
　也不滅他底輝光。
那麼，誰說枯楊生花不久長？

「身不過是糞土，」
　是栽培心花底糞土。
汚穢的土能養美麗的花朵。
　所以老死的身能結長壽的心果。

在這漁村裏，人人都是慣於海上生活底。就是女人們有時也能和她們底男子出海打魚，一同在那漂蕩的浮屋過日子。但住在村裏，還有許多願意和她們底男子過這樣危險生活也不能底女子們；因爲她們底男子都是去國底旅客，許久許久才隨着海燕一度歸來，不到幾個月又轉回去了。可羨燕子底歸來都是成雙的；而背離鄉井底旅人，除了他們底行李以外，往往還還，終是非常孤另。

小港裏，榕蔭深處，那家姓金底，住着一個老婆子雲姑和她底媳婦。她底兒子是個遠道的旅人，已經許久沒有消息了。年月不歇地奔流，使雲姑和她媳婦底身心滿了煩悶、苦惱，好像溪邊底岩石，一方面被這時間底水冲刷了她們外表的光輝，一方面又從上流帶了許多垢穢來停滯在她們身邊。這兩位憂鬱的女人，爲她們底男子不曉得費了許多無用的希望和探求。

這村人烟不甚稠密，生活也很相同，所以測驗命運底瞎先生很不輕易來到。老婆子一聽見報君知底聲音，沒一次不趕快出來候着，要問行人底氣運。她心裏底想念比媳婦還切。這緣故，除非自己說出來，外人是難以知道底。每次來，都是這位瞎先生。每回底卦，都是平安、吉利；所短底只是時運來到。

那天，瞎先生又敲着他底報君知來了。老婆子早在門前等候。瞎先生是慣在這家測算底，一到，便問：『雲姑，今天還問行人麼？』

『他一天不回來，終是要煩你底。不過我很思疑你底占法有點不靈驗。這麽些年，你總是說我們能够會面，可是現在連書信底影兒也沒有了。你最好就是把小鉦給了我，去幹別的營生罷。你着不靈驗的先生！』

瞎先生陪笑說：『哈哈，雲姑又和我開玩笑了。你兒子底時運就是這樣，——好的要等着；壞的……』

『壞的怎樣？』

『壞的立刻驗。你底卦旣是好的，就得等着。縱然把我底小鉦摔碎了也不能教他底好運早進一步底。我告訴你，若要相見，倒用不着什麽時運，只要你肯去找他就可以，你不是去過好幾次了麽。』

『若去找他，自然能够相見，何用你說？！』

『因爲你心急，所以我又提醒你，我想你還是走一趟好。今天你也不要我算了。你到那裏，若見不着他回來再把我底小鉦取去也不遲。那時我也要承認我底占法不靈，不配幹這營生了。』

瞶先生這一番話雖然帶着搭趟的意味，可把雲姑遠行尋子底念頭提醒了。她說：『好罷，過一兩個月再沒有消息，我一定要去走一遭。你且候着若再找不着他，提防我摔碎你底小鉦。』

瞶先生連聲說：『不至於，不至於，』扶起他底竹杖，順着池邊走。報君知底聲音漸漸地響到榕蔭不到底地方。

* * * *

一個月，一個月，又很快地過去了。雲姑見他老沒消息，逕同着媳婦從鄉間來。路上底風波，不用說，是受够了。老婆子從前是來過三兩次底，所以很明白往兒子家裏要望那方前進。前度曾來底門牆依然映入雲姑底瞳子。她覺得今番的顏色比前輝煌得多。眼中底瞳子好像對她說：「你看兒子發財了！」

她早就疑心兒子發了財，不顧母親，一觸這鮮豔的光景，就帶着呵責對媳婦說：『你每用話替他粉飾，現在可給你親眼看見了。』她見大門虛掩，順手推開，也不打聽，就望裏邁步。

媳婦說：『這怕是別人底住家；娘敢是走錯了。』

她索性拉着媳婦底手回答說：『那會走錯？我是來過好幾次底。』媳婦才不做聲，隨着她走進去。

嫣媚的花草各立定在門內底小園，向着這兩個村婆裝腔、作勢。路邊兩行千心妓女從大門達到堂前，翦得齊齊地。媳婦從不曾見過這生命底扶檻，一面走着，一面用手在上頭捋來捋去。雲姑說：『小奴才，很會享福呀！怎麼從前一片瓦礫場，今兒能長出這般爛漫的花草？你看這奴才又爲他自己化了多少錢。他總不想他娘底田產，都是爲他念書用完底。念了十幾二十年書，還不會剩錢；剛會剩錢，又想自己化了。哼！』

說話間，已到了堂前。正中那幅擬南田底花卉仍然掛在壁上。媳婦認得那是家裏帶來底，越發安心坐定。雲姑只管望裏面探望，望來望去，總不見兒子底影兒。她急得嚷道：『誰在裏頭？我來了大半天，怎麼沒有半個人影兒出來接應？』這聲浪擁出一個小廝來。

『你們要找誰？』

老婦人很氣地說：『我要找誰！難道我來了，你還裝做不認識麼？快請你主人出來。』

小斷看見老婆子生氣，很不好惹，遂恭恭敬敬地說：『老太太敢是大人底親眷？』

『什麼大人？在他娘面前也要排這樣的臭架。』這小斷很詫異，因爲他主人底母親就住在樓上，那裏又來了這位母親。他說：『老太太莫不是我家蕭大人底……』

『什麼蕭大人？我兒子是金大人。』

『也許是老太太走錯門了。我家主人並不姓金。』

她和小斷一句來，一句去，說底怎麼是，怎麼不是——鬧了一陣，還分辨不清。鬧得裏面又跑出一個人來。這個人却認得她，一見便說：『老太太好呀！』她見是兒子成仁底廚子，就對他說：『老宋，你還在這裏。你聽那可惡的小斷硬說他家主人不姓金，難道我底兒子改了姓不成？』

廚子說：『老太太那裏知道？少爺自去年年頭就不在這裏住了。這裏的東西都是他賣給人底。我也許久不喫他底飯了。現在這家是姓蕭底。』

成仁在這裏原有一條謀生底道路，不隄防年來光景遷變，弄得他朝暖不保夕寒；有時兩三天才見得一點炊烟從屋角冒上來。這樣生活既然活不下去，又不好坦白地告訴家人。他只得把房子交回東主；一切傢私能變賣底也都變賣了。雲姑當時聽見廚子所說，便問他現在的住址。廚子說：『一年多沒見金少爺了；我實在不知道他現在在那裏。我記得他對我說過要到別的地方去。』

廚子送了她們二人出來，還給她們指點道途。走不遠，她們也就沒有主意了。媳婦含淚低聲地自問：『我們現在要往那裏去？』但神經過敏的老婆子以爲媳婦奚落他，便使氣說：『望去處去！』媳婦不敢再做聲，只嘿嘿地扶着她走。

這兩個村婆從這條街走到那條街，親人既找不着，道途又不熟悉，各人提着一個小包袱，在街上只是來往地蹓。老人家走到極疲乏的時候，才對媳婦說道：『我們先找一家客店住下罷。可是……店在那裏，我也不熟悉。』

『那怎麼辦呢？』

她們倆站在街心商量，可巧一輛摩托車從前面慢慢地駛來。因着警號底聲音，使她們靠裏走，且注意那坐在車上底人物。雲姑不看則已，一看便獃了大半天。媳婦也是如此，可惜那車不等她們嚷出來，已直駛過去了。

『方才在車上底，豈不是你底丈夫成仁？怎麼你這樣獃頭獃腦，也不會叫他底車停一會？』

『呀，我實在看獃了！……但我怎好意思在街上隨便叫人？』

『哼！你不叫，看你今晚上往那裏住去。』

自從那摩托車過去以後，她們心裏各自懷着一個意思。做母親底想她底兒子在此地享福，不顧她，教人瞞着她說他窮。做媳婦底以爲丈夫是另娶城市底美婦人，不要她那樣的村婆了。所以她暗地也埋怨自己底命運。

前後無盡的道路，眞不是容人想念或埋怨底地方呀。她們倆，無論如何，總得找個住宿底所在；眼看太陽快要平西，若還猶豫，便要露宿了。在她們心緒紊亂中，一個巡捕弄着手裏底大黑棍子，撮起嘴唇，優悠地吹着些很鄙俗的歌調走過來。他看見這兩個婦人，形迹異常，就向前盤問。巡捕知道她們是要找客店底旅人，就遙指着遠處一所棧房說：『那間就是客店。』她們也不能再走。只得聽人指點。

她們以爲大城裏底道路也和村莊一樣簡單，人人每天都是走着一樣的路程。所以第二天早晨，老婆子顧不得梳洗，便跑到昨天她們與摩托車相遇底街上。她又不大認得道，好容易才給她找着了。站了大半天，雖有許多摩托車從她面前經過，然而她心意中底兒子老不在各輛車上坐着。她站了一會，加上一會，巡捕當然又要上來盤問。她指手畫腳，盡力形容，大半天巡捕還不明白她說底是什麼意思。巡捕只好教她走，勸她不要在人馬擾攘底街心站着。她沈吟了半響，才一步一步地踱回店裏。

媳婦挨在門框旁邊，也盼望許久了。她熱望着婆婆給她好消息來，故也不歇地望着街心。從早晨到晌午，總沒離開大門；等她看見雲姑還是獨自回來，她底雙眼早就嵌上一層玻璃罩子。這樣的失望並不希奇，我們在每日生活中有時也是如此。

雲姑進門，坐下，喘了幾分鐘，也不說話，只是搖頭。許久才說：『無論如何，我總得把他找着。可恨底是人一發達就把家忘了；我非得把他找來清算不可。』媳婦雖是傷心，還得掙扎着安慰別人。她說：『我們至終要找着他。但每日在街上候着，也不是個辦法，不如雇人到處打聽去更妥當。』

婆婆動怒了，說：『你有錢，你雇人打聽去。』靜了一會，婆婆又說：『反正那條路我是認得底，明天我還得到那裏候着。前天我們是黃昏時節遇着他底，若是晚半天去，就能遇得着。』媳婦說：『不如我去。我健壯一點，可以多站一會。』婆婆搖頭回答：『不成，不成。這裏人心極壞，年青的婦女少出去一些爲是。』媳婦很失望，低聲自說：『那天呵責我不攔車叫人，現在又不許人去。』寔姑翻起臉來說：『又和你娘拌嘴了。這是什麼時候？』媳婦不敢再做聲了。

當下她們說了些找尋底方法。但寔姑是非常固執的，她非得自己每天站在路傍等候不可。老婦人天天在路邊候着，總不見從前那輛摩托車經過。條忽的光陰已過了一個月有餘，看來在店裏住着是支持不住了。她想先回到村裏，往後再作計較。媳婦又不大願意快走，爭奈婆婆底性子，做什麼事都如箭在弦上，發出底多，挽回底少；她底話雖在喉頭，也得從容地再吞下去。

* * * *

她們下船了。舦邊一間小艙就是她們底住處。船開不久，浪花已順着風勢頻頻地打擊圓窗。船身又來回簸盪，把她們都盪暈了。第二晚，在眠夢中忽然「花拉」一聲，船面隨着起一陣恐怖的呼號。媳婦忙掙扎起來開門一看，已見客人擁擠着，擺來擺去，好像老鼠入了吊籠一樣。媳婦忙退回艙裏搖醒婆婆說：『阿娘，快出去罷！』老婆子忙爬起來，緊拉着媳婦望外就跑。但船上底人你擠我，我擠你；船板又濕又滑；惡風怒濤又不稍減；所以搭客因摔倒而滾入海底很多。她們二人出來時也摔了一交；婆婆一撒手，媳婦不曉得又被人擠到什麼地方去了。雲姑被一個青年人扶起來，就緊揪住一條桅索，再也不敢動一動。她在那裏只高聲呼喚媳婦，但在那時，不要說千呼萬喚，就是雷音獅吼也不中用。

天明了，可幸船還沒沈，只擱在一塊大礁石上，後半截完全泡在水裏。在船上一部的人因為慌張擁擠底緣故，反比船身沈沒得快。雲姑走來走去，怎也找不着她底媳婦。其實夜間不曉得丟了多少人，正不止她媳婦一個。她哭得死去活來，也沒人來勸慰。那時節誰也有悲傷，哀哭並非希奇難過的事。

船擱在礁石上好幾天，風浪也漸漸平復了。船上死剩底人都引領盼顧，希望有船隻經過，好救度他們。希望有時也可以實現底，看天涯一縷黑煙越來越近，雲姑也忘了她底悲哀，隨着衆人吶喊起來。

雲姑隨衆人上了那隻船以後，她又想念起媳婦來了。無知的人在平安時底回憶總是這樣。她知道這船是向着來處走，並不是望去處去底；於是她底心緒更亂。前幾天因爲到無可奈何的時候才離開那城，現在又要折回去；她一想起來，更不能制止淚珠底亂墜。

現在船中只有她是悲哀的。客人中，很有幾個走來安慰她，其中一位朱老先生更是殷勤。他問了雲姑一席話；很憐憫她，教她上岸後就在自己家裏歇息，慢慢地尋找她底兒子。

慈善事業只合淡泊的老人家來辦底；年少的人辦這事，多是爲自己的愉快，或是爲人間的名譽恭敬。朱老先生很誠懇地帶着老婆子回到家中，見了妻子，把情由說了一番。妻子也很仁惠，忙給她安排屋子，凡生活上一切的供養都爲她預備了。

朱老先生用盡方法替她找兒子，總是沒有消息。雲姑覺得住在別人家裏有點不好意思。但現在她又回去不成了。一個老婦人怎樣營獨立的生活，從前還有一個媳婦將養她，現在媳婦也沒有了。晚景朦朧，的確可怕、可傷。她青年時又很要強、很獨斷，不肯依賴人，可是現在老了。兩位老主人也樂得他住在家裏，故多用方法使她不想。

人生總有多少難言之隱，而老年的人更甚。她雖不慣居住城市，而心常在城市。她想到城市來見見她兒子底面，是她生活中最要緊的事體。這緣故，不說她媳婦不知道，連她兒子也不知道。她隱祕這事似乎比什麼事都嚴密。流離的人既不能滿足外面的生活，而內心的隱情又時時如毒蛇圍繞着她。老人底心還和青年人一樣，不是離死境不遠底。她被思惟底毒蛇咬傷了。

朱老先生對於道傍人都是一樣愛惜，自然給她張羅醫藥。但世間還沒有藥能够醫治想病。他沒有法子，只求雲姑把心事說出，或者能得一點醫治底把握。女人有話總不輕易說出來底。她知道說出來未必有益，至終不肯吐露絲毫。

一天，一天，很容易過。急他人之急底朱老先生也急得一天厲害過一天。還是朱老太太聰明，把老先生提醒了，說：『你不是說她從滄海來底呢？四妹夫也是滄海姓金底，也許他們是同族，怎不向他打聽一下？』

老先生說：『據你四妹夫說滄海全村都是姓金底，而且出門底很多，未必他們就是近親，若是遠族，那又有什麼用處？我也曾問過她認識思敬不認識，她說村裏並沒有這個人。思敬在此地四十多年，總沒回去過；在理，他也未必認識她。』

老太太說：『女人要記男子底名字是很難的。在村裏叫底都是什麼「牛哥，」「豬郎，」一出來，把名字改了，叫人怎能認得？女人底名字在男子心中總好記一點，若是滄海不大，四妹夫不能不認識她。看她現在也六十多歲了；在四妹夫來時，她至少也在二十五六歲左右。你說是不是？不如你試到他那裏打聽一下。』

他們商量妥當，要到思敬那裏去打聽這老婦人底來歷。思敬與朱老先生雖是連襟，却很少往來。因爲朱老太太底四妹很早死，只留下一個兒子礪生。親戚家中既沒有女人，除年節底遺贈以外，是不常往來底。思敬底心情很坦蕩，有時也很詼諧，自妻死後，便將事業交給那年青的兒子，自己在市外蓋了一所別莊，名做滄海小浪仙館；在那裏已經住過十四五年了。白手起家底人像他這樣知足，會享清福底很少。

小浪仙館是藏在萬竹簝簝裏。一灣流水圍繞林外，儼然是個小洲，需過小橋方能達到館裏。

朱老先生順着小橋過去。小林中養着三四隻鹿，看見人在道上走，都搶着跑來。深秋的昆蟲，在竹林裏也不少，所以這小浪仙館都滿了蟲聲、鹿跡。朱老先生不常來，一見這所好園林，就和拜見了主人一樣；在那裏盤桓了多時。

思敬底別莊並非金碧輝煌底高樓大廈，只是幾間覆茅底小屋。屋裏也沒有什麼希世的珍寶，只是幾架破書，幾卷殘畫。老先生進來時，精神怡悅底思敬已笑着出來迎接。

『襟兄少會呀！你在城市總不輕易到來，今日是什麼興頭使你老人家光臨？』

朱老先生說：『自然，「沒事就不登三寶殿，」我來特要向你打聽一件事。但是你在這裏很久沒回去，不一定就能知道。』

思敬問：『是我家鄉底事麼？』

『是我總沒告訴你我這夏天從香港回來，我們底船在水程上救濟了幾十個人。』

『我已知道了，因爲礪生告訴我。我還教他到府上請安去。』

老先生詫異說：『但是礪生不曾到我那裏。』

『他一向就沒去請安麼？這孩子越學越不懂事了！』

『不，他是很忙的，不要怪他。我要給你說一件事：我在船上帶了一個老婆子……』

詼諧的思敬狂笑，攔着說：『想不到你老人家底心總不會老！』

老先生也笑了，說：『你還沒聽我說完哪。這老婆子已六十多歲了，她是爲找兒子來底；不幸找不着，帶着媳婦要回去。風浪把船打破，連她底媳婦也打丟了。我見她很零丁，就帶她回家裏暫住。她自己說是從滄海來底。這幾個月中，我們夫婦爲她很擔心，想她自己一個人再去又沒依靠底人；在這裏，又找不着兒子；自己也急出病來了。問她底家世，她總說得含含糊糊，所以特地來請教。』

『我又不是滄海底鄉正，不一定就能認識她。但六十左右底人，多少我還認識幾個。她叫什麼名字？』

『她叫做雲姑。』

思敬注意起來了。他問：『是嫁給日騰底雲姑麼？我認得一位日騰嫂小名叫雲姑。但她不致有個兒子到這裏來，使我不知道。」

『她一向就沒說起她是日騰嫂，但她兒子名叫成仁，是她親自對我說底。』

『是呀，日騰嫂底兒子叫阿仁，是不錯的。這，我得去見見她才能知道。』

這回思敬倒比朱老先生忙起來了。談不到十分鐘，他便催着老先生一同進城去。

一到門，朱老先生對他說：『你且在書房候着，待我先進去告訴她。』他跑進去，老太太正陪着雲姑在床沿坐着。老先生對她說：『你底妹夫來了。這是很湊巧的，他說認識她。』他又向雲姑說：『你說不認得思敬，思敬倒認得你呢。他已經來了，待一回就要進來看你。』

老婆子始終還是說不認識思敬。等他進來，問她：『你可是日騰嫂？』她才驚訝起來，怔怔地望着這位灰白眉髮底老人，半響，才問：『你是不是日輝叔？』

『可不是！』老人家底白眉望上動了幾下。

雲姑底精神這回好像比沒病時還健壯。她坐起來，兩隻眼睛凝望着老人，搖搖頭嘆說：『呀，老了！』

思敬笑說：「老麽？我還想活三十年哪。沒想到此生還能在這裏見你！」

雲姑底老淚流下來，說：「誰想得到？你出門後總沒有信。若是我知道你在這裏，仁兒就不致於丟了。」

朱老先生夫婦們眼對眼在那裏猜啞謎；正不曉得他們是怎麽一回事。思敬坐下，對他們說：「想你們二位要很詫異我們底事。我們都是親戚，年紀都不小了，少年時事，說說也無妨。雲姑是我一生最喜歡、最敬重的。她底丈夫是我同族的哥哥，可是她比我少五歲。她嫁後不過一年，就守了寡——守着一個遺腹子。我於她未嫁時就認得她底，我們常在一處。自她嫁後，我也常到她家裏。」

「我們住底地方只隔一條小巷，我出入總要由她門口經過。自她寡後，心性變得很浮躁，喜怒又無常，我就不常去了。」

「世間湊巧的事很多？阿仁長了五六歲，偏是很像我。」

朱家先生截住說：「那麽，她說在此地見過成仁，在摩托車上底定是礪生了。」

『你見過礪生麼？礪生不認識你，見着也未必理會。』他向着雲姑說了這話，又轉過來對着老先生，『我且說村裏底人很沒知識，又很愛說人閒話；我又是弱房底孤兒，族中人總想找機會來欺負我。因爲阿仁，幾個壞子弟常來勒索我，一不依，就要我見官去，說我「盜嫂」，破寡婦底貞節。我爲兩方的完全，帶了些少金錢，就跑到這裏來。其實我並不是個商人，趕巧又能在這裏成家立業。但我終不敢回去，恐怕人家又來欺負我。』

『好了，你既然來到，也可以不用回去。我先給你預備住處，再想法子找成仁。』

思敬並不多談什麼話，只讓雲姑歇下，同着朱老先生出外廳去了。

當下思敬要把雲姑接到別莊裏，朱老先生因爲他們是同族的嫂叔，當然不敢強留。雲姑雖很喜歡，可躺病在床，一時不能移動，只得暫時留在朱家。

在床上底老病人，忽然給她見着少年時所戀，心中常想而不能說底愛人，已是無上的藥餌足能治好她。此刻她底眉也不縐了。旁邊人總不知她心裏有多少愉快，只能從她面部底變動測驗一點。

她躺着翻開她心史最有趣的一頁。

*　*　*　*

記得她丈夫死時，她不過是二十歲；雖有了孩子，也是難以守得住；何况她心裏又另有所戀。日日和所戀底人相見，實在教她忍不得去過那孤寡的生活。

鄰村底天后宮每年都要演酬神戲。村人藉着這機會可以消消閒，所以一演劇時，全村和附近的男女都來聚在台下，從日中看到第二天早晨。那夜底戲目是殺子報，雲姑也在台下坐着看。不到夜半，她已看不入眼，至終給心中底煩悶催她回去。

回到家裏，小嬰兒還是靜靜地睡着；屋裏很熱，她就依習慣端一張小凳子到偏門外去乘涼。這時巷中一個人也沒有。近處只有印在小池中底月影伴着她。遠地底鑼鼓聲、人聲，又時時送來攪擾她底心懷。她在那裏，對着小池暗哭。

巷口脚步底回聲令她轉過頭來視望。一個人吸着旱煙筒從那邊走來。她認得是日輝，心裏頓然安慰。日輝那時是個斯文的學生；所住底是在村尾，這巷是他往來必經之路。他走近前，看見雲姑獨自一人在那裏，從月下映出她雙頰上幾行淚光。寡婦底哭本來就很難勸。他把旱煙吸得嗅嗅有聲，站住說：『還不睡去；又傷心什麼？』

她也不回答，一手就把日輝底手攬住。沒經驗的日輝這時手忙脚亂，不曉得要怎樣才好。許久，他才說：『你把我攬住，就能使你不哭麼？』

『今晚上，我可不讓你回去了。』

日輝心裏非常害怕，血脈動得比常時快，煙筒也攬得不牢，落在地上。他底聲很鄭重地對雲姑說：『諒是今晚上底戲使你苦惱起來。我不是不依你，不過這村裏只有我一個是「讀書人」，若有三分不是，人家總要加上七分譴謫。你我底名分已是被定到這步田地，族人對你又懷着很大的希望，我心裏卽如火焚燒着，也不能用你這點清涼水來解救。你知道若是有父母替我做主，你早是我底人；我們就不用各受各的苦了。不用心急，我總得想方法安慰你。我不是怕破壞你底貞節，也不怕人家罵我亂倫，因爲我們從少時就在一處長大，我們底心腸比那些還要緊。我怕底是你那兒子還少，若是什麼風波，豈不白害了他？不如再等幾年，我有多少長進底時候，再……』

屋裏底小孩子醒了，雲姑不得不鬆了手，跑進去招呼他。日輝乘隙走了。婦人出來，看不見日輝，正在悵望，忽然有人攔腰抱住她。她一看，却是本村底壞子弟臭狗。

『臭狗，爲什麼把人抱住？』

『你們底話，我都聽見了。你已經留了他，何妨再留我？』

婦人急起來，要嚷。臭狗說：『你一嚷，我就去把日輝揪來對質，一同上祠堂去；又告訴稟保，不保他赴府考，叫他秀才也做不成。』他嘴裏說，一隻手在女人頭面身上自由摩挲，好像乩在沙盤上亂動一般。

婦人嚷不得，只能用最後的手段，用極甜軟的話向着他：『你要，總得人家願意；人家若不願意，就許你抱到明天，那有什麼用處？你放我下來，等我進去把孩子挪過一邊……』

性急的臭狗還不等她說完，就把她放下來。一副諂媚如小鬼底臉向着婦人說：『這回可願意了。』婦人送他一次媚視，轉身把門急掩起來。臭狗見她要逃脫，趕緊插一隻脚進門限裏。這偏門是獨扇的，婦人手快，已把他底脚夾住，又用全身底力量頂着外頭。臭狗求饒底聲，叫不絕口。

『臭狗，臭狗，誰是你占便宜底，臭蝦蟆。臭蝦蟆要喫肉也得想想自己沒翅膀；何況你這臭狗，還要跟着鳳凰飛，有本領，你就進來罷。不要臉！你這臭鬼眞臭得比死狗還臭。』

外頭直告饒，裏邊直詈罵直堵。婦人力盡底時候才把他放了。那夜底好教訓是她應受底。此後她總不敢於夜中在門外乘涼了。臭狗喫不着「天鵝，」只是要找機會復仇。

過幾年，成仁已四五歲了。他長得實在像日輝，村中多事的人——無疑臭狗也在內——硬說他底來歷不明，日輝本是很顧體面底；他禁不起千口同聲硬把事情擱在他身，使他淸白的名字被塗得漆黑。

那晚上，雷雨交集。婦人怕雷，早把窗門關得很嚴，同那孩子伏在床上。子刻已過，當巷底小方窗忽然霍霍地響。婦人害怕不敢問。後來外頭叫了一聲「騰嫂，」她認得這又斯文又驚惶的聲音，才把窗門開了。

『原來是你呀！我以爲是誰。且等一會，我把燈點好，給你開門。』

『不，夜深了，我不進去。你也不要點燈了，我就站在這裏給你說幾句話罷。我明天一早就要走了。』這時電光一閃，婦人看見日輝臉上、身上滿都濕了。她還沒工夫辨別那是雨、是淚，日輝又接着往下說，『因爲你，我不能再在這村裏住，反正我底前程是無望的了。』

婦人嘿嘿地望着他。他從袖裏掏出一卷地契出來，由小窗送進去，說：『嫂子，這是我現在所能給你底。我將契寫成賣給成仁底字樣，也給縣裏底房吏說好了，你可以收下，將來給成仁做書金。』

他將契交給婦人，便要把手縮回。婦人不顧接契，忙把他底手攄住。契落在地上，婦人好像不理會，雙手捧着日輝底手往復地摩挲，也不言語。

『你忘了我站在深夜底雨中麼？該放我回去啦，待一回有人來，又不好了。』

婦人仍是不放，停了許久，才說：『方才我想問你什麼來，可又忘了。……不錯，你還沒告訴我你要到那裏去咧。』

『我實在不能告訴你，因爲我要先到廈門去打聽一下，再定規。我從前想去底是長崎，或是上海，現在我又想向南洋去，所以去處還沒一定。』

婦人很傷悲地說：『我現在把你底手一撒，就像把風箏底線放了一般，不知此後要到什麽地方找你去。』

她把手撒了，男子仍是獃獃地站着。他又像要說話底樣子；婦人也嘿嘿地望着。雨水欺負着外頭的行人，閃電專要嚇裏頭的寡婦；可是他們都不介意。在黑暗裏婦人只聽得一聲『成仁大了，務必叫他到書房去。好好地栽培他，將來給你請封誥。』

他沒容婦人回答什麽，擔着破傘走了。

* * * *

這一別四十多年，一點音信也沒有。女人底心現在如失寶重還，什麽音信、消息、兒子、媳婦，都不能動她底心了。她底愉快足能使她不病。

思敬於雲姑能起床時，就爲她預備車輛，接她到別莊去。在那蟲聲高低，鹿跡陵亂底竹林裏，這對老人起首過他們曾希望過底生活。雲姑呵責思敬說他總沒音信。思敬說：『我並非不願給你知道我離鄉後底光景；不過那時，縱然給你知道了，也未必是你我兩人底利益。我想你有成仁，別後已是閒話滿嘴了，若是我回去，料想你必不輕易放我再出來，那時，若要進前，便得喫官司；要退後，那就不可設想了。

『自娶妻後，就把你忘了。我並不是眞忘了你，爲常記念你只能增我底憂悶，不如權當你不在了。又因我已娶妻，所以越不敢回去見你。』

說話時，遙見他兒子礪生底摩托車停在林外。他說：『你從前遇見底「成仁」來了。』

礪生進來，思敬命他叫雲姑爲母親。又對雲姑說：『他不像你底成仁麽？』

『是呀，像得很！怪不得我看錯了。不過細看起來，成仁比他老得多。』

『那是自然的，成仁長他十歲有餘咧。他現在不過三十四歲。』

現在一提起成仁，她底心又不安了。她兩隻眼睛望空不歇地轉。思敬勸說：『反正我底兒子就是你底。成仁終歸是要找着底，這事交給礪生辦去。我們且寬懷過我們底老日子罷。』

和他們同在底朱老先生聽了這話，在一邊狂笑，說：『想不到你老人家底心還不會老！』現在是誰老了！』

思敬也笑說：『我還是小叔呀。小叔和寡嫂同過日子也是應該的。難道還送她到老人院去不成？

三個老人在那裏賣老，礪生不好意思，藉故說要給他們辦筵席，乘着車進城去了。

壁上自鳴鐘叮噹響了幾下，雲姑像感得是滄海瞶先生敲着報君知來告訴她說，『現在你可什麼都找着了！這行人卦得賞雙倍；我底小鉦還可以保全哪。』

那晚上底筵席，當然不是平常的筵席。

讀芝蘭與茉莉因而想及我底祖母

正要到哥崙比亞底檢討室裏校閱梵籍，和死和尚爭虛實，經過我底郵筒，明知每次都是空開底，還要帶着希望姑且開來看看。這次可得着一卷東西，知道不是一分鐘可以念完底，遂插在口袋裏，帶到檢討室去。

我正研究唐代佛教在西域衰滅底原因，翻起史太因在和闐所得底唐代文契，一讀馬令痣同母黨二娘向護國寺僧虎英借錢底私契，婦人許十四典首飾契，失名人底典婢契等等，雖很有趣，但掩卷一想，恨當時的和尚只會營利，不顧轉法輪，無怪回紇一入便爾掃滅無餘。

爲釋迦文擠發本是大恐晉不知成、住、壞、空是一切法性？不看了，掏出口袋裏底郵件，看看是什麼罷。

『芝蘭與茉莉』

這名字很香呀！我把紙筆都放在一邊，一氣地讀了半天工夫——從頭至尾，一句一字細細地讀。這自然比看唐代死和尙底文契有趣。讀後底餘韻常繞縈於我心中；像這樣的文藝很合我情緒底胃口似地。

讀中國底文藝和讀中國底繪畫一樣。試拿山水——西洋畫家叫做「風景畫」——來做個例：我們打稿（Composition）是鳥瞰的、縱的，所以從近處底溪橋而山前底村落而山後底帆影，而遠地底雲山；西洋風景畫是水平的、橫的；除水平線上下左右之外，理會不出幽深的、綿遠的興致。所以中國畫宜於縱的長方，西洋畫宜於橫的長方。文藝也是如此：西洋人底取材多以「我」和「我底女人或男子」爲主，故屬於橫的、夫婦的；中華人底取材多以「我」和「我底父母或子女」爲主，故屬於縱的、親子的。描寫親子之愛應當是中華人底特長。看近來底作品，究其文心，都函這唯一義諦。

愛親底特性是中國文化底細胞核，除了他，我們早就要斷髮短服了！我們將這種特性來和西洋的對比起來，可以說中華民族是愛父母的民族；那邊歐西是愛夫婦的民族。因爲是「愛父母的，」故敍事直貫，有始有終，源源本本自自然然地說下來。這「說來話長」底特性——很和拔絲山藥一樣地甜熱而黏——可以在一切作品裏找出來。無論寫什麼，總有從盤古以來說到而今底傾向。寫孫悟空總得從猴子成精說起；寫賈寶玉總得從頑石變靈說起；這寫生生因果底好尙是中華文學底文心，是縱的，是親子的，所以最易抽出我們底情緒。

八歲時，讀詩經凱風和陟岵，不曉得怎樣，眼淚沒得我底同意就流下來？九歲讀檀弓到『今丘也，東西南北之人也』一段，伏案大哭。先生問我，『今天底書並沒給你多上，也沒生字，爲何委曲？』我說，『我並不是委曲，我只傷心這「東西南北」四字。』第二天，接着念『晉獻公將殺其世子申生』一段，到『天下豈有無父之國哉？』又哭，直到於今，這「東西南北」四個字還能使我一念便傷懷。我嘗反省這事，要求其使我哭泣底緣故。不錯，愛父母的民族底理想生活便是在這裏生、在這裏長、在這裏聚族、在這裏埋葬，東西南北地跑當然是一種可悲的事了。因爲離家、離父母、離國是可悲的，所以能和父母鄉黨過活底人是可羨的。無論什麼也都以這事爲準繩：做文章爲這一件大事做，講愛情爲這一件大事講，我才理會我底「上墳癖」不是我自己所特有，是我所屬底民族自盤古以來遺傳給我底。你如自己念一念『可愛的家鄉啊！我睡眼朦朧裏，不由得不樂意接受你歡迎的誠意。』和『明兒……你眞要離開我了麼？』應作如何感想？

愛夫婦的民族正和我們相反，夫婦本是人爲，不是一生下來就鑄定了彼此的關係。相逢儘可以不相識，只要各人帶着或有了各人底男女慾就可以。你到什麼地方，這慾跟到什麼地方；他可以在一切空間顯其功用，所以在文心上無需溯其本源，究其終局，乾乾脆脆，Just a Word，也可以自成段落。愛夫婦的心境本含有一種舒展性和侵略性，所以樂得東西南北到處地跑。夫婦關係可以隨地隨時發生，又可以強侵軟奪，在文心上當有一種「霸道」、「喜新」、「樂得」、「爲我自己享受」底傾向。

總而言之，愛父母的民族底心地是「生」；愛夫婦的民族底心地是「取」。生是相續的；取是廣延的。我們不是愛夫婦的民族，故描寫夫婦，並不爲夫婦而描寫夫婦，是爲父母而描寫夫婦。我很少見——當然是我少見——中國文人描寫夫婦時不帶着「父母的」底色彩；很少見單獨描寫夫婦而描寫得很自然的。這並不是我們不願描寫，是我們不慣描寫廣延性的文字底緣故。從對面看，縱然我們描寫了，人也理會不出來。

芝蘭與茉莉開宗第一句便是『祖母眞愛我！』這已把我底心牽引住了。「祖母愛我，」當然不是愛夫婦的民族所能深味，但他能感我和檀弓差不了多少。『垂老的祖母，等得小孩子奉甘旨麼？』子女生活是爲父母底將來，父母底生活也是爲着子女，這永遠解不開底結，結在我們各人心中。觸機便發表於文字上。誰沒有祖父母、父母呢？他們底折磨、擔心，都是像夫婦一樣有個我性底麼？丈夫可以對妻子說，『我愛你，故我要和你同住；』或『我不愛你，你離開我罷。』妻子也可以說，『人盡可夫，何必你？』但子女對於父母總不能有這樣的天性。所以做父母底自自然然要爲子女擔憂受苦，做子女底也爲父母之所愛而愛，爲父母而愛爲第一件事。愛既不爲我專有，『事之不能盡如人意』便爲此說出來了。從愛父母的民族眼中看夫婦底愛是爲三件事而起，一是繼續這生生底線，二是往溯先人底舊典，三是承納長幼底情誼。

說起書中人底祖母，又想起我底祖母來了。『事之不能盡如人意者，夫復何言！』我底祖母也有這相同的境遇呀！我底祖母，不說我沒見過，連我父親也不曾見過，因為她在我父親未生以前就去世了。這豈不是很奇怪的麼？不如意的事多着呢！愛祖母底明官，你也願意聽聽我說我祖母底失意事麼？

八十年前，臺灣府——現在的臺南——城裏武館街有一家，八個兄弟同一個老父親同住着，除了第六、七、八底弟弟還沒娶以外，前頭五個都成家了。兄弟們有做武官底，有做小鄉紳底，有做買賣底。那位老四，又不做武官又不做紳士，更不會做買賣；他只喜歡念書，自己在城南立了一所小書塾名叫窺園，在那裏一面讀，一面教幾個小學生。他底清閒，是他兄弟們所羨慕，所嫉妒底。

這八兄弟早就沒有母親了。老父親很老，管家底女人雖然是妯娌們輪流着當，可是實在的權柄是在一位大姑手裏。這位大姑早年守寡，家裏沒有什麼人，所以常住在外家。因為許多弟弟是她幫忙抱大底，所以她對於弟弟們很具足母親底威儀。

那年夏天，老父親去世了。大姑當然是『閫內之長』，要督責一切應辦事宜底。早晚供靈底事體，照規矩是媳婦們輪着辦底。那天早晨該輪到四弟婦上供了。四弟婦和四弟是不上三年底夫婦，同是二十多歲，情愛之濃是不消說底。

大姑在廳上嚷，『素官，今早該你上供了。怎麼這時候還不出來？』

居喪不用粉飾而把頭髮理好，也毋需盤得整齊。所以晨妝很省事。她坐在妝臺前，嚼檳榔，還吸一管旱煙。這是臺灣女人們最普徧的嗜好。有些女人喜歡學士人把牙齒染黑了，她們以爲牙齒白得像狗底一樣不好看，將檳榔和着荖葉、熟灰嚼，日子一久，就可以使很白的牙齒變爲漆黑。但有些女人是喜歡白牙底，她們也嚼檳榔，不過把灰減去就可以。她起床，漱口後第一件事是嚼檳榔，爲底是使牙齒白而堅固，外面大姑底叫喚，她都聽不見，只是嚼着，還吸着煙在那裏出神。

四弟也在房裏，聽見姊姊叫着妻子，便對她說：『快出去罷。姊姊要生氣了。』

『等我嚼完這口檳榔，吸完這口煙才出去。時候還早咧。』

『怎麼你不聽姊姊底話？』

『爲什麼要聽你姊姊底話？你爲什麼不聽我底話？』

『姊姊就像母親一樣。丈夫爲什麽要聽妻子底話？』

『「人未娶妻是母親養底，娶了妻就是妻子養底。」你不聽妻子底話妻子可要打你好像打小孩子一樣。』

『不要臉，那裏來得這麽大的孩子！我試先打你一下，看你打得過我不。』老四帶着嬉笑的樣子，拿着搨扇向妻子底頭上要打下去。妻子放下煙管，一手搶了扇子向着丈夫底額頭輕打了一下，『這是誰打誰了！』

夫婦們在殯前是要在孝堂前後底地上睡底，好容易到早晨同進屋裏略略梳洗一下，藉這時間談談。他對於享盡天年底老父親底悲哀，自然蓋不過對於婚媾不久的夫婦底歡愉。所以，外頭雖然盡其孝思，裏面底「琴瑟」還是一樣地和鳴。中國底天地好像不許夫婦們在喪期裏有談笑底權利似地。他們在鬧玩時，門簾被風一吹，可巧被姊姊看見了。姊姊見她還沒出來，正要來叫她，從布簾飛處看見四弟婦拿着搨扇打四弟，那無明火早就高起了一萬八千丈。

『那裏來底潑婦，敢打她底丈夫！』姊姊生氣嚷着。

老四慌起來了。他挨着門框向姊姊說：『我們鬧玩；沒有什麼事。』

『這是鬧玩底時候麼？怎麼這樣懦弱，教女人打了你，還替她說話？我非問她外家，看看這是什麼家教不可。』

他退回屋裏，向妻子伸伸舌頭，妻子也伸着舌頭回答他。但外面越呵責越厲害了。越呵責，四弟婦越不好意思出去上供，越不敢出去越要挨罵，妻子哭了。他在旁邊站着。勸也不是，慰也不是。她有一個隨嫁底丫頭，聽得姑太越罵越有勁，心裏非常害怕。十三四歲底女孩，那裏會想事情底關係如何？她私自開了後門，一直跑回外家，氣喘喘地說，『不好了！我們姑娘被他家姑太罵得很厲害，說要趕她回來咧！』

親家爺是個商人，頭腦也很率直，一聽就有了氣；說，『怎樣說得這樣容易——要就取去，不要就扛回來？誰家養女兒是要受別人底女兒欺負底？』他是個雜貨行主，手下有許多工人，一號召，都來聚在他面前。他又不打聽到底是怎麼一回事，對着工人們一氣地說，『我家姑娘受人欺負了。你們替我到許家去出出氣。』工人一轟，就到了那有喪事底親家門前，大興問罪之師。

裏面底人個個面對面呈出驚惶的狀態。老四和妻子也相對無言，不曉得要怎辦才好，外面底人們來得非常橫逆經兄弟們許多解釋然後回去。姊姊更氣得凶跑到屋裏指着四弟婦大罵特罵起來。

『你這潑婦，怎麼這一點點事情，也值得教外家底人來干涉？你敢是依仗你家裏多養了幾個粗人，就來欺負我們不成？難道你不曉得我們詩禮之家在喪期裏要守制底麼？你不孝的賤人，難道丈夫叫你出來上供是不對的，你就敢用扇頭打他？你已犯七出之條了，還敢起外家來鬧？好，要喫官司，你們可以一同上堂去，請官評評。弟弟是我抱大底，我總可以做抱告。』

妻子才理會了頭不在身邊。但事情已是鬧大了，自己不好再辯，因爲她知道大姑底脾氣，越辯越惹氣。

第二天早晨，姊姊召集弟弟們在靈前，對他們說，『像這樣的媳婦還要得麼？我想待一會就扛她回去。』這大題目一出來，幾個弟弟都沒有話說；最苦的就是四弟了。他知道「扛回去」就是犯「七出之條」時「先斬後奏」底辦法，就顫聲地向姊姊求情。姊姊鄙夷他說，『沒志氣的懦夫，還敢要這樣的婦人麼？她昨日所說底話我都聽見了。女子多着呢，日後我再給你挑個好的。我們已預備和她家打官司，看看是禮教有勢，還是她家工人底力量大。』

當事的四弟那時實在是成了懦夫了！他一點勇氣也沒有，因爲這「不守制」、「不敬夫」底罪名太大了，他自己一時也找不出什麼話來證明妻子底無罪，有赦免底餘地。他跑進房裏，妻子哭得眼都腫了。他也哭着向妻子說，『都是你不好！』

『是，……是……我，我……我不好，我對，對……不起你！』妻子抽噎着說。丈夫也沒有什麼話可安慰她，只挨着她坐下，用手撫着她底脖項。

果然姊姊命人雇了一頂轎子，跑進房裏，硬把她扶出來，把她頭上底白蔴硬換上一縷紅絲，送她上轎去了。這意思就是說她此後就不是許家底人，可以不必穿孝。

『我有什麼感想呢？我該有怎樣的感想呢？懦夫呵！你不配覥顏在人世，就這樣算了麼？自私的我，却因爲不貫徹無勇氣而陷到這種地步，夫復何言！』當時他心裏也未必沒有這樣的語言。他爲什麼懦弱到這步田地？要知道他原不是生在爲夫婦的愛而生活底地方呀！

王親家看見平地裏把女兒扛回來，氣得在堂上發抖。女兒也不能說什麼，只跪在父親面前大哭。老親家口口聲聲說要打官司，女兒直勸無需如此，是她底命該受這樣折磨底，若動官司只能使她和丈夫喫虧，而且把兩家底讎恨結得越深。

老四在守制期內是不能出來底。他整天守着靈想妻子。姊姊知道他底心事，多方地勸慰他。姊姊並不是深恨四弟婦，不過她很固執，以為一事不對就事事不對，一時不對就永遠不對。她看「禮」比夫婦底愛要緊。禮是古聖人定下來，歷代的聖賢親自奉行底。婦人呢？這個不好，可以挑那個。所以夫婦底配合只要有德有貌，像那不德、無禮的婦人，儘可以不要。

出殯後，四弟仍到他底書塾去。從前他每夜都要回武館街去底，自妻去後，就常住在窺園。他覺得一到妻子房裏冷清清地，一點意思也沒有，不如在書房伴着書眠還可以忘其愁苦。唉，情愛被壓底人都是要伴書眠底呀！

天色晚，學也散了。他獨在園裏一棵芒果樹下坐着發悶。妻子底隨嫁丫頭藍從園門直走進來，他雖熟視着可像不理會一樣。等到丫頭叫了他一聲「姑爺，」他才把着她底手臂如見了妻子一般。他說，『你怎麼敢來？……姑娘好麼？』

『姑娘命我來請你去一趟。她這兩天不舒服，躺在床上哪，她吩咐掌燈後才去，恐怕人家看見你，要笑話你。』

她說完東張西望，也像怕人看見她來，不一會就走了。那幾點鐘底黃昏偏又延長了，他好容易等到掌燈時分！他到妻子家裏，丫頭一直就把他帶到樓上，也不敢教老親家知道。妻子底面比前幾個月消瘦了，他說『我底……』，他說不下去了，只改過來說，『你怎麼瘦得這個樣子！』

妻子躺在床上也沒起來，看見他還站着出神，就說，『爲什麼不坐，難道你立刻要走麼？』她把丈夫揪近床沿坐下，眼對眼地看着。丈夫也想不出什麼話來說，想分離後第一次相見底話是很難起首底。

『你是什麼病？』

『前兩天小產了一個男孩子！』

丈夫聽這話，直像喝了麻醉藥一般。

『反正是我底罪過大不配有福分連從你得來底孩子也不許我有了。』

『不要緊的，日後我們還可以有五六個。你要保養保養才是。』

妻子笑中帶着很悲哀的神彩，說『癡男子，既休的妻還能有生子女底榮耀麼？』說時，丫頭遞了一盞龍眼乾甜茶來。這是臺灣人待生客和新年用底禮茶。

『怎麼給我這茶喝；我們還講禮麼？』

『你以後再娶，總要和我生疏底。』

『我並沒休你。我們底婚書，我還留着呢。我無論如何，總要想法子請你回去底；除了你，我還有誰？』

丫頭在傍邊插嘴說，『等姑娘好了，立刻就請她回去罷。』他對着丫頭說，『說得很快，你總不曉得姑太和你家主人都是非常固執，非常喜歡賭氣，很難使人進退底。這都是你弄出來底事，已如此，夫復何言！』

小丫頭原是不懂事，事後才理會她跑回來報信底關係重大。她一聽『這都是你弄出來底，』

不由得站在一邊哭起來。妻子哭，丈夫也哭。

一個男子底心志必得聽那寡後回家當姑太底姊姊使令麼？當時他若硬把妻子留住，姊姊也沒奈他何，最多不過用「禮教底棒」來打他而已。但「禮教之棒」又眞可以打破人底命運麼？那時候，他並不是沒有反抗禮教底勇氣，是他還沒得着反抗禮教底啓示。他心底深密處也會像吳明遠那樣說，『該死該死！我既愛妹妹，而不知護妹妹，我既愛我自己而不知爲我自己着想，我負了妹妹，我誤了自己！事原來可以如人意，而我使之不能，我之罪惡豈能磨滅於萬一，然而赴湯蹈火，又何足償過失於萬一呢？你還敢說：「事已如此，夫復何言」麼？』

四弟私會出妻底事，教姊姊知道，大加申斥，說他沒志氣。不過這樣的言語和愛情沒有關係。男女相待遇本如大人和小孩一樣。若是男子愛他底女人，他對於她底態度、語言、動作，都有父親對女兒底傾向；反過來說，女人對於她所愛底男子也具足母親對兒子底傾向。若兩方都是愛者，他們同時就是被愛者。那是說他們都自視爲小孩子，故彼此間能吐露出眞性情來。小孩們很願替他們底好朋友擔憂、受苦、用力；有情的男女也是如此。所以姊姊底申斥不能隔斷他們底私會。

妻子自回外家後，很悔她不該貪嚼一口檳榔，貪吸一管旱煙，致誤了靈前底大事。此後，檳榔不再入她底口，煙也不吸了。她要爲自己底罪過懺悔，就喫起長齋來。就是她親愛底丈夫有時來到，很難得的相見時，也不使他挨近一步，恐怕玷了她底淸心。她只以念經繡佛爲她此生唯一的本分，夫婦的愛不由得不壓在心意底崖石底下。

十幾年中，他只是希望他岳丈和他姊姊底意思可以挽回於萬一。自己底事要仰望人家，本是很可憐的。親家們一個是執拗，一個是賭氣，因之光天化日底時候難以再得。

那晚上，他正陪姊姊在廳上坐着，王家底人來叫他。姊姊不許，說：『四弟，不許你去。』

『姊姊容我去看她一下罷。聽說她這兩天病得很厲害，人來叫我，當然是很要緊的，我得去看看。』

『反正你一天不另娶，是一天忘不了那潑婦底。城外那門親給你講了好幾年，你總是不介意。她比那不知禮的婦人好得多——又美、又有德。』

這一次，他覺得姊姊底命令也可以反抗了。他不聽這一套，逕自跑進屋裏，把長褂子一披，匆匆地出門。姊姊雖然不高興，也沒法揪他回來。

到妻子家，上樓去。她躺在床上，眼睛半閉着，病狀已很凶惡。他哭不出來，走近前，搖了她一下。

『我底夫壻，你來了！好容易盼得你來！我是不久的人了，你總要爲你自己的事情打算；不要像這十幾年，空守着我，於你也沒有益處。我不孝已够了，還能使你再犯不孝之條麼？——「不孝有三，無後爲大」』

『孝不孝是我底事；娶不娶也是我底事。除了你，我還有誰？』

這時丫頭也站在床沿。她已二十多歲，長得越嫵媚、越懂事了。她底反省常使她起一種不可言喻的傷心，使她覺得她永遠對不起面前這位垂死的姑娘和傍邊那位姑爺。

垂死的妻子說：『好罷，我們底恩義是生生世世的。你看她，』她撮嘴指着丫頭，用力往下說，『她長大了。事情旣是她弄出來底，她得替我償還。』她對着丫頭說，『你願意麼？』丫頭紅了臉，不曉得要怎樣回答。她又對丈夫說，『我死後，她就是我了。你如記念我們舊時的恩義，說請帶她回去，將來好替我．．．．』

她把丈夫底手拉去使他攎住丫頭底手，隨說，『唉，子女是要緊的，她將來若能替我爲你養幾個子女，我就把她從前的過失都寬恕了。』

妻子死後好幾個月，他總不敢向姊姊提起要那丫頭回來。他實在是很懦弱的，不曉怎樣怕姊姊會怕到這地步！

離王親家不遠住着一位老妗婆。她雖沒爲這事擔心，但她對於事情底原委是很明瞭底。正要出門，在路上遇見丫頭，穿起一身素服，手挽着一竹籃東西。她問，『籃，你要到那裏去？』

『我正要上我們姑娘底墳去。今天是她底百日。』

老妗婆一手扶着杖，一手揑着丫頭底嘴巴，說，『你長得這麼大了，還不回武館街去麼？』丫頭低了頭，沒回答她。她又問，『許家沒意思要你回去麼？』

從前的風俗對於隨嫁底丫頭多是預備給姑爺收起來做二房底，所以妗婆問得很自然。丫頭聽見『回去』兩字，本就不好意思，她雙眼望着地上，搖搖頭，靜嘿地走了。

妗婆本不是要到武館街去底，自遇見丫頭以後，就想她是個長輩之一，總得贊成這事。她一直來投她底甥女，也叫四外甥來告訴他應當辦底事體。姊姊被妗母一說，覺得再沒有可固執底了；說，『好罷，明後天預備一頂轎子去扛她回來就是。』

四弟說：『說得那麼容易，要總得照着娶繼室底禮節辦，她底神主還得請回來。』

姊姊說：『笑話，她已經和她底姑娘一同行過禮了，還行什麼禮？神主也不能同日請回來底。』

老妗母說：『扛回來時，請請客，當做一樁正事辦也是應該底。』

他們商量好了，兄弟也都贊成這樣辦。『這種事情，老人家最喜歡不過，』老妗母在辦事底時候當然是一早就過來了。

這位再回來底丫頭就是我底祖母了。所以我有兩個祖母，一個是生身祖母，一個是常住在外家底「喫齋祖母」——這名字是母親給我們講祖母底故事時所用底題目。又「丫頭」這兩個字是我家底「聖諱」，平常是不許說底。

我又講回來了。這種父母的愛底經驗，是我們最能理會底。人人經驗中都有多少「祖母的心」「母親」「祖父」「愛兒」等等事迹，偶一感觸便如懸崖瀉水，從盤古以來直說到於今。我們底頭腦是歷史的，所以善用這種才能來描寫一切的事故。又因這愛父母底特性，故在作品中，任你說到什麼程度，這一點總抹殺不掉。我愛讀芝蘭與茉莉，因爲他是源源本本地說，用我們經驗中極普遍的事實觸動我。我想凡是有祖母底人，一讀這書，至少也會起一種回想底。

書看完了，回想也寫完了，上課底鐘直催着。現在的事好像比往事要緊，故要用工夫來想一想祖母底經歷也不能了！大概她以後底境遇也和書裏底祖母有一兩點相同罷。

寫於哥崙比亞圖書館四一三號，檢討室，十三年二月，十日。

慕

愛德華路底盡頭已離村莊不遠，那裏都是富人底別墅，路東那間聚石舊館便是名女士吳素霄底住家。館前底藤花從短牆蔓延在路邊底烏柏和鄰居底籬笆上，把便道裝飾得更華麗。一個夫役拉着拉颯車來到門口，按按鈴子，隨即有個中年女傭捧着一畚箕底廢物出來。夫役接過畚箕來就倒入車裏，一面問，『陵媽，爲什麼今天底廢紙格外多？又有人寄東西來送你姑娘嗎？』

『那裏？這些紙不過是早晨來的一封信。……』她回頭看看後面，纔接着說：『我們姑娘底脾氣非常奇怪。看這封信底光景，恐怕要鬧出人命來。』

『怎麼？』他注視車中底廢紙，用手撥了幾撥，他說：『這裏頭沒有什麼，我且說到底是怎麼一回事。』

『在我們姑娘底朋友中，我眞沒見過有一位比陳先生好底。我以前不是說過他底事情嗎？』

『是你說過他底才情，相貌，和舉止都不像平常人。許是你們姑娘羨慕他，喜歡他，他不願意？』

『那裏，你說底正相反。哪有一天陳先生寄一封信和一顆很大的金剛石來，她還沒有看信，說把那寶貝從窗戶扔出去。……』

『那不太可惜嗎？』

『自然是很可惜。那金剛石現在還沈在池底底汚泥中呢！』

『太可惜了！太可惜了！你們爲何不把他淘起來？』

『獃子，你說得太容易了；那麼大的池，望那裏淘去？況且是姑娘故意扔下去底，誰敢犯她？』

『那麼，信裏說底是什麼？』

『那封信，她沒看就撂了，交給我拿去燒燬。我私下把信攤起來看，可惜我認得的字不多，只能半猜半認地念。我看見那信，教我好幾天坐臥不寧。……』

『你且說下去。』

『陳先生在信裏說，金剛石是他父親留下來給他底。他除了這寶貝以外沒有別的財產。因爲羡慕我們姑娘底緣故，願意取出送給她佩帶。』

『陳先生眞獃呀！』

『誰能這樣說？我只怪我們底姑娘……』她說到這裏，又回頭望。那條路本是很清靜，不妨站在一邊長談，所以她又往下說。

『又有一次，陳先生又送一幅畫來給她；畫後面貼着一張條子，說，那是他生平最得意的畫兒，曾在什麼會裏得過什麼金牌底。因爲羡慕她，所以要用自己最寶重的東西奉送。誰知我們姑娘哼了一聲，隨把畫兒撕得稀爛！』

『你們姑娘連金剛石都不要了，一幅畫兒値得什麼？他豈不是輕看你們姑娘嗎？若是我做你們姑娘，我也要生氣底，你說陳先生聰明，他到底比我笨。他應當拿些比金剛石更貴的東西來孝敬你們姑娘。』

『不，不然你還不……』

『我說陳先生何苦要這樣做？若是要娶妻子，將那金剛石去換錢，一百個也娶得來，何必定要你們姑娘！』

『陳先生始終沒說要我們姑娘；他只說羨慕我們姑娘。』

『那麼，以後怎樣呢？』

『寄畫兒不過是前十幾天底事。最後來底，就是這封信了。』

『哦，這封信。』他把車裏底紙檢起來，揚了一揚，翻着看，說，『這純是白紙，沒有字呀！』

『可不是。這封信奇怪極了。早晨來底時候；我就看見信面寫着「若是尊重我，就請費神拆開這信，否則請用火燬掉。」我們姑娘還是不看，教我拿去燬掉。我總是要看裏頭到底是什麼，就把信拆開了。我拆來拆去，全是一張張底白紙。我不耐煩，就想拿去投入火裏，回頭一想，又捨不得，於是一直拆下去。到末了是他自己畫底一張小照。』她順手伸入車裏把那小照翻出來，指給夫役看。她說：『你看，多麼俊美的男子！』

『這臉上黑一塊白一塊底有什俊美？』

『你眞不懂得，……你看旁邊底字……』

『我不認得字，還是你說給我聽罷。』

陵媽用指頭指着念，『尊貴的女友：我所有底都給你了，我所給你底，都被你拒絕了。現在我只剩下這一條命，可以給你，作爲我最後的禮物。……』

『誰問他要命呢？你說他聰明；他簡直是一條糊塗蟲！』

陵媽沒有回答，直往下念，『我知道你是喜歡底，但在我歸去以前，我要送你這……』

『陵媽，陵媽，姑娘叫你呢。』這聲音從園裏底臺階上喚出來，把他們底偶語沖破。陵媽把小照放入車中，說，『我得進去……』

『這人命底事，你得對姑娘說。』

『誰敢？她不但沒教我拆開這信，且命我拿去燒燬。若是我對她說，豈不是趕螞蟻上身！我嫌費事，沒把他燒了；你速速推走罷，待一會她知道了就不方便。』她說，匆匆忙忙，就把疎闌的鐵門關上。

那夫役引着拉颯車子往別家去了。方纔那張小照被無意的風颺到地上，隨着落花，任人踐踏。然而這還算是那小照底幸運。流落在道上；也許會給往來底士女們檢去供養；就使給無知的孩子檢去，擺弄完，纔把他撕破，也勝過讓夫役運去，葬在拉颯岡裏。

中華民國十四年一月初版
中華民國三十六年七月第二版

文學研究會叢書 綴網勞蛛 一冊 ⊕(82292)

定價國幣肆元
印刷地點外另加運費

著作者 落華生
發行兼印刷者 商務印書館
發行所 商務印書館 各地

（本書校對者潘同曾）

廣

图书在版编目（CIP）数据

缀网劳蛛 / 落华生著. -- 天津：百花文艺出版社，
2021.1（2024.1重印）
（现代文学名著原版珍藏. 第三辑）
ISBN 978-7-5306-8024-7

Ⅰ. ①缀… Ⅱ. ①落… Ⅲ. ①短篇小说-小说集-中国-现代 Ⅳ. ①I246.7

中国版本图书馆 CIP 数据核字(2020)第 250976 号

缀网劳蛛
ZHUIWANGLAOZHU
落华生 著

选题策划：唐冠群　　美术编辑：张振洪
责任编辑：赵　芳
出版发行：百花文艺出版社
地址：天津市和平区西康路 35 号　　邮编：300051
电话传真：+86-22-23332651（发行部）
+86-22-23332656（总编室）
+86-22-23332478（邮购部）
网址：http://www.baihuawenyi.com
印刷：宝蕾元仁浩（天津）印刷有限公司
开本：787×1092 毫米　1/32
字数：89 千字
印张：7.5
版次：2021 年 1 月第 1 版
印次：2024 年 1 月第 4 次印刷
定价：25.00元

如有印装质量问题，请与宝蕾元仁浩（天津）印刷有限公司联系调换
地址：北京朝阳区西坝河南路6号西座102室
电话：(010) 84498866　邮编：100028